JUZI

ZIFEIHUA
WORKS

子非花 著

橘
子

南方出版社·海口

图书在版编目（ＣＩＰ）数据

橘子 / 子非花著 . － 海口：南方出版社， 2022.8
ISBN 978-7-5501-7625-6

Ⅰ．①橘… Ⅱ．①子… Ⅲ．①诗集－中国－当代
Ⅳ．① I227

中国版本图书馆 CIP 数据核字（2022）第 086919 号

橘　子

子非花　著

责任编辑：王　伟
装帧设计：烟涛书坊
出版发行：南方出版社
邮政编码：570208
社　　址：海南省海口市和平大道70号
电　　话：（0898）66160822
传　　真：（0898）66160830
印　　刷：郑州印之星印务有限公司
开　　本：880mm×1230mm　1/32
印　　张：8.375
字　　数：150千字
版　　次：2022年8月第1版　　2022年8月第1次印刷
定　　价：39.80元

◎敬文东

　　乔治·斯坦纳（George Steiner）有一个很有趣的发现：在英语中，"射精"和"突然说出"可以用同一个词来表示：ejaculation（喷）。极为自然的是，古老的汉语也具有突然说出的能力。比如，当"暮投石壕村"的杜甫看到差役们拉人充军的凶狠场面时，禁不住突然说出了很急促的"有吏夜捉人"。这是一个目击证人情急之下脱口而出的句子。河南人杜甫为什么会有这种样态的情急之下呢？那是因为杜子美有满腔的悲悯、满腔的仁爱。但隐藏在这个事实之下的，是另外一个更为重要的事实：古老的汉语一贯以"诚"为自身的伦理，它因此容不得半点虚情假意。我们尽可以问：我们的古之圣人，为什么要"设卦以尽情伪"呢？明人来知德给出的解答是："本于性而善者，情也；拂乎性而不善者，伪也。伪则不情，情则不伪。人之情伪万端，非言可尽，即卦中之阴阳淑慝也。既立其象，又设八卦，因而重之为六十四，以观爱恶之相攻，远近之象取，以尽其情伪。"此处不妨"一言以蔽之"曰：在纯粹理想的层面上，言、象、意三位一体的汉语必须诚恳、诚恳和诚恳；受汉语悉心滋养、栽培的人，说话时必须"本于性而善"，决不可"拂乎性而不善"。因此，汉语可以带着悲悯和仁爱之心突然说出，不可以像射精那般突然"喷"出，更不可以有如射精那样具有攻击性。

作为命题的"文如其人"也许永远不会过时；有什么样的人，就注定会有什么样的诗。子非花（本名王明伟）罢诗多年，当他重新提笔写诗时，却有如天意一般很自然地"本于性而善"，很自然地顺应了汉语自身的脾性。因此之故，他才有能力顺乎本心地这样写道：

啊啊，尘世啊

为什么透明的……

总是眼泪？？

（子非花：《地下铁》）

这的确很容易让读者联想到艾青的著名诗句："为什么我的眼里常含泪水？／因为我对这土地爱得深沉……"这样的联想，虽然在熟读新诗的人那里很正常、很自然，却并不意味着子非花从艾青的诗句中获得过灵感、启发和教益。它更有可能深刻地意味着：子非花和艾青一样，听从了寄居于汉语内部的诚伦理发出的指令，他们都乐于做汉语的忠实子孙。虽然汉语在情急之下"突然说出"时，其样貌和颜值不应当用"喷"去形容、去描述，它本身也不具备进攻性，但不会"喷"的汉语却可以在子非花的诗中描述"喷"：

> 喷射不会停止。这个黄金般的下午
> 一只橙子和自己的命运撞在一起
>
> （子非花：《橙子》）

那不会停止喷射的，是橙子射向人的口腔的汁水。作为常见水果的橙子，被子非花在这首诗中礼赞为"我汁液饱满的故乡"，同时也被子非花认作一个"肿胀的弧形诱惑"。仔细品味，不难发现，这两句诗既像祈祷，又像祝福：愿一切美好的事物永不止息，愿所有美好的事物永远对人构成诱惑。如果遵从汉语的教导，从事物的根子处观察事物而不带有丝毫恶意，那么，一切可以被称为诱惑的，都注定是美好之物，比如西施、貂蝉、翡翠、唐诗，比如一个金色的橙子。唯有诱惑，才是美好之物的根本属性。古老汉语思想向来强调"时中"或"得时"。所谓得时或时中，就是准确地切中时间，尤其是既不早也不晚，刚好切中时间最成熟的地方。因此，中国古人才会说："得时之稼兴，失时之稼约。茎相若，称之，得时者重，粟之多。量粟相若而舂之，得时者多米。量米相若而食之，得时者忍饥。是故得时之稼，其臭香，其味甘，其气章，百日食之，耳目聪明，心意睿智，四卫变强，诎气不入，身无苛殃。"汉语思想因此有理由认为：凡得时之物或时中之物，尽皆美物。从这个角度观察倒不妨说，《橙子》不过是从尽皆美物的万物中挑选橙子作为万物的代表，用于祈祷和祝福罢了。在此，子非花的暗示或许是：橙子就是万物，万物唯橙子而已矣。

法国学者亨尼希（Jean-Luc Hennig）很沮丧，也很令人扫兴地写道："肉体是美的，美得如日中天，然而已经为死亡埋下伏笔。正如法国诗人科克托所言，在美女的每一瞬间，我们都看到死亡在活动，就像看到蜜蜂在玻璃蜂巢工作。当然，这个景象，美女自己也看到了。"配备了汉语之本性的诗人子非花，有足够的理由不赞同这个观点。事实上，汉语更愿意将孔子"逝者如斯夫不舍昼夜"之叹，重新恢复为鼓舞人心的"进者如斯夫不舍昼夜"。有充分的证据可以表明，后者才是一向以"知其不可而为之"为座右铭的孔子的原话。而"生命不息，战斗不止""老兵不死，只有凋零"，才是"进者如斯夫"的本意。遍索子非花的诗作不难辨析，他看待生命衰老的态度很沉着、很超然："沉香开始燃烧／夕阳高于一缕烟。"（子非花：《在嵩山听雨》）很容易想见，这种态度正好是对那位法国学者的否定，但子非花风度翩然，口吻平和，没有攻击性。如果再联系到子非花的另一首诗，他对那位可敬的法国学者的否定就来得更加明显：

> 一只玫瑰淌过心尘
>
> 谁将洞穿你的一生？
>
> 并进入另一个回声？
>
> 星光的意义就是
>
> 迎接疯长的野草？

（子非花：《在抚仙湖畔》）

虽然子非花一连用了三个问号，但从语境上分析，三个问号并不必然表示否定；即使"星光的意义"就是为了"迎接疯长的野草"，但那又怎么着呢？难不成"迎接疯长的野草"居然不是意义，或居然不构成星光的意义？人们常说：这个东西的意义很大，那个东西的意义很小，或比较小。但先贤早有明训："万物并育而不相害，道并行而不相悖。"说意义有大小，只能出自令人不安、惹人厌恶的势利眼。万物皆美，万物不分大小都有意义，这才是子非花听命于汉语的"诚"伦理而践履的诗歌行为。但这并不意味着子非花面对世间万物，居然没有疑问。

生存之惑并不因汉语的"诚"伦理或孔子"进者如斯夫不舍昼夜"而自动消失。无论说哪种语言的人，无一例外都是生存之惑的总和，就像有贤者说人是社会关系的总和。子非花因此当然有理由发问：

熙来攘往，物质之行

微小的事情攀爬，熄灭和重生

白昼隐藏于孤寂的水洼

物体旋转着：谁在解读这荒谬的世界？

（子非花：《遗失的图景》之一）

没有必要怀疑，世界的荒谬，有很大一部分来自现代人对时中和得时的破坏。比如，人为地修改植物的生物钟，让只在春天才能生长的蔬菜一年四季来到人的餐桌；比如，被激素催熟的鸡、鸭、鱼、鹅，修改了孩子们的生物钟，导致初潮和遗精过早来到孩子们的身上；比如，"不要输在起跑线上"一类的误导导致童年过早结束，甚至完全没有童年……如此等等，是作为诗人的子非花必须面对的诗学问题，但更是他早已自觉意识到的问题。因此，子非花在咏颂甚至赞美万物的时候，并没有放弃对荒谬的世界的批判。但在子非花那里，批判的本意是同情，毕竟世界的堕落因人而起。这才是真正的英雄主义：看清世界的本质依然热爱这个世界，而不仅仅是尝试着去赞美这个世界。子非花在很多地方表达过这个主题，其中之一的长相是这样的：

是的，未来是一颗微小的松针

正躺在一缕光影里

风，像粉末一样幸福的

向我们吹着

（子非花：《树屋——写给我挚爱的孩子》）

《简·爱》有言：人活着，就是为了含辛茹苦。但追求幸福，才是人活着最大甚至唯一的目的。人含辛茹苦，但必须追求幸福；人追求幸福，但必须含辛茹苦。人生之惑不过如此。但子非花依然把幸福当作了诗学主题，他的写作因此暗含着幸福诗学的萌芽，就自在情理之中。乔治·斯坦纳的言论，也许可以给子非花以鼓励："语言中的将来时态意味着对死亡的颠覆。"诚哉斯言！

是为序。

2021 年 10 月 30 日，北京魏公村

黑马在我们中间寻找驭手
——兼论子非花，和他的诗
◎夏　汉

　　布罗茨基曾经有一首著名的诗篇——《黑马》，无论从释义还是技艺上看，这首诗都是无可挑剔的经典诗篇。而我尤喜欢最后的一句："它在我们中间寻找骑手"，这里披示着诗与诗人的隐秘关联。或者说，诗与诗人的确是互相寻找的，哪怕世事变迁，诗人命运多舛，但在某一个时刻，诗也会不请自来。我在子非花的文学世界里就窥视了这惊喜的一幕——还是2019年的初冬时节，缘于拙著《语象的狂欢》而与子非花相识，继而相知，成为无话不谈的文学知己。那是一个下午，在郑州老城"加农咖啡馆"那个虽显得有些许狭小却十分幽静的房间里，子非花谈及自己人生的磨砺：在大学期间就沉迷于文学，尤其是诗歌，还成立了一个诗社，几个同学互相激励着勤奋阅读，写下不少虽说稚嫩却充满激情的诗篇。毕业后，参加了工作，因不满足于一个公务员的无聊、繁琐的事务而辞职经商。多年来的商海历练，终于成就了其企业家的宏愿。而就在他中断写作二十多年后，诗这匹黑马终于找上门来，且一发而不可收——短短几年，子非花居然写出了百余首诗歌；在写作的同时，还创办了拾壹月论坛、拾壹月沙龙和读书会，陆续邀请国内著名的诗学批评家和实力诗人前来作理论探讨与诗歌交流，已在国内引起良好而广泛的回响；其创办的拾壹月诗社成员也因此获得丰厚的阅读与写作的收益，有了长足的进步——不啻说，子非花在河南诗坛的确已成为了一匹黑马。

1

通常而言，在阅读一个诗人的作品时，我尤为看重他的想象力，因为这是诗的魅惑所在与实现途径，也是有别于其它文体的重要标识。不妨说，没有想象力，诗的可能就成为某种意义上的不可能。记得萨尔曼·拉什迪在《回忆卡尔维诺》里也这样认定：所有的作家都在修筑道路从他们所居住的世界通往想象的世界。以此判断，子非花的想象力也是我最为关注的潜在因素——当然，想象力虽然属于一种内在于天赋的东西，但也要予以挖掘与培植。我注意到子非花恢复写作的初期，往往从回忆进入诗，比如其最早的一首诗《灯光》："清晨，昏黄的灯光／一路从童年照耀而来"，这个句子给我的启示更多还是偏于对生活的反刍而非想象。而"昨夜，冬天最后的一粒雪飘落窗台"（《春天的早晨》）则近乎于在场的描述了。同时也看到诗人诸如"站在早晨和阳光之间"（《五月之歌》）的情感抒发。可以说，在这个阶段，诗人还处于写作的摸索与调试期，其诗篇的展开还维持在浪漫的情怀与刻意的书写欲求之中。直到2019年，我看到子非花的想象力有了质的变化——或者说，其想象的元素被激发出来。在《归来》中有这样的句子："我身边的人们／菊花般升腾，飞翔并且坠落"；在另外的诗里，还有"你怀抱五月……／秘密远行"（《五月》），"天堂马匹经过这里／这里是唯一的／最后的驿站"（《驿站》），如此伴随而来的则是一种诗意的神秘发现。之后的写作，其想象力拓展愈加丰富。《蓝色幕布》这首诗最早引起我的注意并拥有强烈的阐释欲望，就根源于此：

水流拉长了天空，
并种下小雨点一样的鸟群
……
你皮肤般的流水
沿着五月的秘径

膨胀如一块蓝色幕布

……

你通向你

你是一片被截取的流水

　　看得出来，题旨本身便是一个想象力的产物，并由此意象统领直抵内涵的饱满。诗人是从流水开始的——或许意在河流或溪水，这在巴颜喀拉山脉与庄子起舞和庄子洗脸的断句中得到印证，巴颜喀拉山脉是黄河的发源地，而在传说中有庄子（他也生活在黄河岸边）喜欢用小溪里清凉的水洗脸的典故。这样，就在庄周的似梦非梦的异趣中，完成了对于河流（溪水）的诗意想象。"并停泊于一个正午"正如"你是一片被截取的流水"一样高妙，所指心爱之物或人——虽不可知，但还是给我们一个暧昧的妙觉。接下来，我们在"黄土是沉默的王者"与"我奔向所有事物的中心"中体验一种伟大的普遍性蕴涵的扩展，从而在"梦境终将终结于梦境"里趋于诗性的完备——可以说，子非花始于物象并经由想象力而抵达诗的内部又在体悟着天人合一、道法自然的老庄哲学的深意。

　　在持续的阅读中，我每每震惊于其想象力的超拔，惟此便可以进一步确认，子非花是一位拥有想象天赋的诗人。在《隐秘的时刻》这首诗里亦复如此：

夜晚，挂满酒杯
丛林中举起的
蓝色火苗
爱情脱落，滚了一地
身体里升起
树枝和雨水
缀满白色的纽扣

白色纽扣就是春天之吻
犹如驱车穿过一片树林
幽暗的片段
闪着奇异之光
脱落的一片片羽毛

啊，谁在倾听
我们身体里的流水
阳光不断跳动，花朵轰然鸣响
一个脸庞，又一个脸庞
在这个时刻
被隐秘的时针
拨动

当我徜徉于"丛林中举起的／蓝色火苗""身体里

升起／树枝和雨水""幽暗的片段／闪着奇异之光"等诗句间，我知道拥有这样句子的诗人会是一个缪斯的恩赏者。尽管并不晓得这首诗的赠与者——S是何许人也，但在揣测中颇觉得秘而不宣——就是说，诗人或许深怀一个晦涩的心结，莫非那是对于其人其事的怀恋与憧憬？而往往有了如此的情结才有了天赐般的想象，从而给诗注入了新奇的趣味。这里恰恰契合了巴士拉的观点，他说："当人们承认了心理情结，似乎就更综合地、更好地理解某些诗篇，事实上，一篇诗作只能从情结中获得自身的一致性。如果没有情结，作品就会枯竭，不再能与无意识相沟通，作品就显得冷漠、做作、虚伪。"[①] 由此回眸"阳光不断跳动，花朵轰然跌落／一个脸庞，又一个脸庞／在这个时刻／被隐秘的时针／拨动"就有了令人震撼的言外之意——显然，这里是源自想象力而给爱的情愫赋予一个美好的形象。

随着阅读的延伸，我们在子非花新近的文本里，发现了愈加精妙的想象所呈现的诸多诗句——在诸如"雨滴一样坠落的脚印／偶尔有沉默者端坐于手掌／一如乌云坐满天空""年代像一条垂死的鱼""这根绳子挂满岁月"（《椅子逃往冬天》）的诗句致幻的背后，一定有着异乎寻常的想象力支撑着，才会有如此美妙的词语效果，

---

① 加斯东·巴士拉：《火的精神分析》，杜小真、顾嘉琛译，岳麓书社2005年版，第24页。

而拥有这样的句子结构成一首诗，往往会让我们进入"被创造出来的想象力的慑人境界"②。然而，我在《又见璞澜》这首诗里却读出异样的翩翩情思——虽然标出是和我的，但能够窥出诗人想象力似乎有些游离于心思，或者说看似心不在焉，实则一直在陷于某个事由而不可自拔，所以体会得出其思绪的苦涩——

> 一只尾随的虫子
>
> 在灯火阑珊的街巷
>
> 以隔岸之力，用于击溃
>
> 假日里汹涌的人潮
>
> 和这一刻的我们

　　虫子这个想象物很诡异，而且"尾随"着——是心魔使然？那么便是一个驱不散的心思萦绕于心头，纵在隔岸，依然有击溃之力，因而即便在暗夜里——进餐之际仍然迷蒙中看见它（她）"分解为果粒"，真可谓挥之不去尔又来。如此"谁能够撤离永恒的泪水？／让她在别处飘飞？"就成为不意间而为之的秘密泄露与心灵坦白；由此，"你轻灵的笑意，像消失很久的／某个午后／一道断裂的问候"以及孤独与漂泊的慨叹才显得水

---

② 哈罗德·布鲁姆：《怎样读，为什么读》，黄灿然译，译林出版社2011年版，第59页。

到渠成。从这里几乎可以做出判断，一位用情至深之人，哪怕是动用全身的解数——想象力与隐晦之技艺，也难以掩饰两厢情愿裂解后的一腔相思之苦。

仔细揣摩这首诗，倏然间有了疑惑——直观上的儿女情长难道只是给我们的一个假象？诗人设入的诗意或许更深层更复杂——这根源于诗里两个情愫，一是不能相伴而行的深切怀念与遗憾，二是孤独感与凄楚。那么，我们何不作多个维度的探释？而最有可能的是写父子之爱，我们知道子非花非常疼爱、牵挂他的自闭症儿子——或许就在家里并未跟来，此刻在"汹涌的人潮"中看见那么多孩子在游走，很容易产生思念之情，极致之中必有诸多复杂的情念——譬如缺失与孤独感一起涌来。联想到在《树屋》里，曾把儿子喻为"慵懒的小蚂蚁"，那这里的虫子岂不就是一个对可爱孩子的喻指？而假若我们把苏轼表达兄弟之情的《水调歌头·明月几时有》拓展为亲密朋友的友谊，那么子非花这首诗亦可以担当起对挚友不能形影相随的怀念，以至于孤独寂寞，都在诗里表现得淋漓尽致。还有一种可能，缘自子非花善修佛缘，在这万善寺院近处的云台山脚下的夜晚，陡生仁爱之心——在个我与普度众生之间，诸多眷恋意念簇拥而至，在幻觉里则可成此神圣而驳杂之境——这从"音乐唤醒""隔岸""彼岸"等词语里可以获得某种佐证。由此判定，子非花的诗学层面业已荡开，其丰富与歧义性也已不可小觑，而这岂不正是一个优秀诗人的自我期许？

2

勒韦尔迪在《诗人写作时应有现代感》里有这样的说法："形象的力量不在于它的出人意外和荒诞离奇，而在于深邃而符合实际的联想。有力的形象就其本质而言，取决于两个相距很远的真实的自然接近，这两个真实之间的联系只有人的意识才能猜到。"我不晓得子非花经营形象的秘密通道，但能够感觉出来他对于形象的用心——看似信手拈来，却体现出诗人经营形象的功力。在对于诗歌文本的浏览中，看得出其早先的形象大多来自自然界，或一种自然而然的发生，比如春天、花朵、大地、黑夜、梦中，"一只蚂蚁依旧在悄无声息地爬行"（《致芳华》），"从天空投下凌乱的阴影"（《五月》），"夜晚是另外的场景"（《夜如斯》）；也伴有情感形态的物象，比如泪水、滴血、凋零、青春、怀念、眺望，之后就有更多的虚词进入诗行，进而沉浸在虚象及其语象的狂欢中，像沉默、卑鄙、狂野，以及"庸常的生活 / 常常被一根手指戳破"（《爱情故事之四：元宵·灯》），"我们曾一起编织星辰"（《爱情故事之五：元宵·离别》），"岁月嵌入其中 / 不能自拔"（《驿站》），"我忙着赶路到梦里去"（《梦》），从这里看得出一种诗思的形而上转化与变形的努力。同时，我惊喜地发现，他能够让形象的发生在不经意间形成裂变的力量。看《途中》：

纹路在开始处
碎裂
布满手掌
用于击穿闪电和命运
你瞬间沉落之眼神
翻滚

直到某一时刻
眼神碎裂为群星
一声喟叹来自
微小的沉默

诗人注明，这首小诗写于 2019 年 10 月，这就意味着其经营形象的能力已颇为成熟。将纹路、手掌、闪电和命运组合在一首诗里，其实是冒着风险的，就是说，假若没有凝结于一个有效意蕴结构中，就会不可避免地成为一个语言空壳，或被诉病为有句无章；而"直到某一时刻／眼神碎裂为群星"沉入喟叹与沉默的语境之中，诗方在惊险中构成有效的语言铸件。

随着写作实践的深入，子非花对于形象的经营与捕捉愈加自觉与清醒，更多的智性与超验性思维融入诗的建构之中。比如在《年代》里，"我们在壳中敲击 / 随意吞吐的舌头"——可以肯定地说，舌头这个形象是源自诗人独有而隐秘意识的刻意寻找，使人惊异。在这首诗里，还有"嘴唇上是茫茫黄昏"的句子，一个黄昏的形象涵括了多么复杂的心思与丰厚的意蕴。在《橘子——写给我的自闭症孩子》这首诗里，你恐怕不需要再怀疑子非花经营形象的能力了，不妨说，橘子这个形象的寻找正验证着其功力不凡——

孩子，你坐在那里

身子前倾

一日的安静，如水静止

思索之流

被分割成一个个小房子

盛满，夏日之心

像一个个柔软的橘子

最柔软的时刻

夜晚归来，小小的房子盛开

"爸爸回来了，爸爸的车"

爱之门

轻盈地敞开

心地泛起潮水

"你就是我呀，我们一起映照于镜中

我们将一起度过漫漫此生"

简单，简洁的生命

你在白纸上涂抹

谁也看不懂的象形文字

如幽闭于另一个空间

神秘的白纸散发

往年的芬芳

简洁像一个

偶然的橘子

秘密地升起

　　面对患有自闭症的孩子，子非花总有千般的柔情与忧伤——据他自己隐约透露，给儿子写一首诗也成为其一个潜在的诉求。但说实在的，越是面对隐痛，越难以下笔。而橘子这个意象的到来正应验了勒韦尔迪所谓"诗人的任务不是去创造形象，形象应当自己展翅飞来"的诗训。"被分割成一个个小房子 / 盛满，夏日之心 / 像一个个柔软的橘子"，可以说，这种远距离形象构建的对应性令人震撼，"最柔软的时刻 / 夜晚归来，小小的房子盛开"，借橘子窥探人的秘密则顺理成章，而"爱之门 / 轻盈的敞开"也成为一个最高意义上的人性表达。同时，在这首诗里，可以窥见子非花一反形而上的追求，而刻意于形象营造的生活化转向："孩子，你坐在那里 / 身子前倾 / 一日的安静，如水静止"——这种日常化的描写，质朴而真切地道出作为父亲的心迹以及如是的大爱无疆的本真，读来让你不得不动容，从而一首诗也顺其自然地完成。

无独有偶，子非花写给另一个孩子的诗——《树屋》，同样以形象的经营取胜，而在形象里饱蘸深情："你搭起树屋 / 握住风中的鸟鸣 / 松树枝折断，在我们手上释放 / 清澈的芳香 / 环绕着一个小小的城堡"，显然，这里溢满童趣。在这一节诗里，我惊异于诗人在树屋、松树、城堡构成的空间里，与鸟鸣、芳香这样的感觉结合得浑然一体，这让我想起古典诗歌里那种结构具象、声音与嗅觉的传统功夫——就是说，子非花的确在对于传统技艺的融通中已经颇有成色。当然，诗人的感受依然是现代的："未来是一颗微小的松针 / 正躺在一缕光影里 / 风，像粉末一样幸福地 / 向我们吹着"，诗里流淌着淡淡的温馨，有着当下的惬意与对于孩子的美好憧憬——可以说，从子非花写给孩子的诗里能够窥见一颗温暖与希冀的心灵，这也使他的写作有着一份难得的温度，这对一个久居残酷的商场中人尤其不易，故此，我以为诗歌作为一个善与美的结合体，无疑有着对世道人心的救赎伟力。在《升起》这首诗里，诗人无疑给你捧来物象的盛宴，让你眼花缭乱：

野兽秘密醒来
骨骼瞬间打开
蓝色血液涌流

咣的一声，玫瑰花垂下
蝴蝶金属般碎裂于庄周之梦

翠绿色的牙齿
在撒往春天的途中

遥远的事物在奔突
生命里开满缤纷的图景

一张脸醒来，又一张脸
在暗夜里活泼地闪躲

花朵缀满危途

黑暗惊慌地逃遁

夜晚，我们从船底捧起落日

你在倒影里把自己打开！

在这种颇具神秘的物象轮番登场中，诗人或许自己也没有想到的是他已经在致力于一种形象诗学了——就是说，诗人让物象拥有了梦幻般的力量，制造着阅读的难度，也显现了他的一种隐秘的写作风格，显然这是跟语言形式元素无法分离的。

3

我们不需要相信"诗到语言为止"的说辞，但惟有语言在面向事物与形象的想象中，在审问"意义的颤动"中（罗兰·巴特）可以给诗一个有效的托付，因而，注重诗的语言修炼是诗人的必然却又是艰苦的磨难，乃至于有些人一生都没有完成——从词义、色彩、冷暖等细微差别，到词语之间的组合和修饰以及语法构成，都在一瞬间形成，或者在深思熟虑后的某一刻发生——当然，它符合诗的原则，比如陌生化，比如诗性原则。这一切有时候并非多么张扬与突兀，就是说，它是一种不留痕迹的潜移默化，也可以说是一个诗人终生的修为。或许，在某一个阶段，诗人自己或他人忽然之间就感到了一些变化——在感受力与想象力催化下语言风格的形成，这时候，人们会说，其语言拥有了诗性表达，这个诗人富有诗意了。那么，在子非花的文本里，我们可否窥探其语言的独异处，对读者是一个问题，对诗人则是一次检验。

而事实上，阅读子非花的诗并没有让我们失望，尤其是日常性叙述语言在当下诗歌中被过度消费的背景下，观察这种以形而上的知觉而偏于情感抒发的语言，就显得十分可贵——不妨说，这里体现出"诗是呈现"的本质和对"物文明神话"（让·波德里亚）的摆脱。不需回避的是，子非花在语言锻造上，也经历了一个从外在的自然描摹到内在的述说以及语言的粗疏到精细的渐变过程——让人欣慰的是，这种蜕变的时间段并不长。进入 2019 年，诗人文本里就有了"深夜有人骑鲸而来"（《一个人的漂流》）这样狂放的惊人之语，"天空是另一场阴谋"（《秋日怀想之二》）这样的句子已经贮满深厚的语言能量，而"夕阳是一个垂死者"（《冬日印象》）并非仅仅让你惊悚，而是给你展示诗意刻画的鲜活与生动。看到"膨胀的时刻升起 / 如一个恩典 / 正午张开如一个口袋 / 哦，风！"（《这世界在练习倒立》）如此，我们才能够在诗不需要阐释的提示里获得更开阔的自由度，也让阅读成为一种享受，从而通过"多种多样的声音编织成可感知的模式"（特里·伊格尔顿）而进入诗的纹理之中。

当一个诗人的写作趋于成熟时，其语言感觉与形态首先给予了明示——这时候，他一定在一首诗里运用着具体的手段，譬如拥有经典的箴言般的句子。在《谁将漫长的一生切割完毕》这首诗里就有"你我怀抱一粒种子／进入各自的雪中""等待的雪山崩决如／万马齐喑"，它们的精准、生动与微妙可以让你过目不忘，也就是这些句子构筑着诗意形体，让一首诗完成。而在《夏日断章》里，已经显示出子非花作为一位优秀诗人的诗思的复杂以及语言的褶皱与层面："呀，摇曳的一支光影！／夏日柔软的舞蹈"这些形象给出后，一个"我在倾听"既显得陡峭，又有几分修辞的风险，但诗人把握得恰到好处。"月亮升起／如一个断崖"呈现了异曲同工之妙；同样，"神，每天都在寻找／碎裂之吻"给你的惊喜已经超出技术层面，而让欲望归于宗教的崇高，这里实质上已经靠近到乔治·巴塔耶所阐释的哲学畛域了。

在新近的文本——尤其进入 2021 年之后，其语感有了并不被轻易发现的变化，语调变得轻逸，语速趋于缓慢："你掉入一个壳中／像一颗未孵化的蛋／峡谷执著于缓慢地漂移／水面以原初的清澈拒绝着／阳光的欲念"（《峡谷》）；在某些诗里，渐次多出了叙述的成分——尽管依然富有陌生化的转化而带来的表现力："一个卖红薯的老人牵着一个往日"（《街景》），"蓝天温润包裹着她""暮色牵引着，一枚白月亮缓缓飞升／时间开始新一轮的切割"（《切割》）。特别是在《秋天的戏剧》

系列里，平添了回忆的意味——让人体会出某种眷恋中的意味深长："她人一直在抗拒的镜子里／微笑""你是囚禁于海底的／橙色火苗""风暴之后／阳光白得像午后的一个错觉／直线突兀地站立／舟楫从一个虚址嵌入／一个悬浮的暗影"——很显然，这种回忆既是美妙的，也有着复杂的蕴涵。那是"时间的雪溅起飞沫"，仿佛是在"飞鸟的臆想中泛起／温柔的惊诧"——诗人终于还是承认："这是一首往日之诗"(《秋天的戏剧（之二）》)，但这是"心中生长起来的／一颗柔软果粒"，故而是弥足珍贵的。可以说，子非花在这组诗里感情埋得更深沉，语言更沉潜，从而践行着布朗肖"这黄金时代似沐浴在灿烂的光辉中，因为这光辉不曾显露过，它同显露无关，也无可显露，这是纯净的反射，只是某形象光彩的光芒"的哲学阐释，我们似乎也能体会到某种回忆的原由和魅力，而作为一个诗人，他常常缘于陷入回忆里而获得其最得意的诗篇。

概而言之，子非花对于诗的专注与热忱让我意外。多年来，于繁忙的商务活动中，一直不忘刻苦阅读，并作出了丰厚的语言与诗学储备：从海子出发，又出入于张枣的诗篇里，并最终以特朗斯特罗姆的诗作为依托。近期又在开拓新的阅读领域，比如博纳富瓦、策兰等。在已有的对于历史、哲学、社会学等的积淀基础上，对诗学理论也做着广泛涉猎。同时，他对写作也倾注了极大的热忱——决意于在不同的生命里程"挽回一段诗意"。我注意到他恢复写作后的第一首诗写于 2016 年 12 月。

当然，由于恢复写作才四年多，还有待于诗学体系的自我完成，并且有着诗意锤炼与技艺双重意义上的磨练。就技艺层面说，其写作距离精湛而不留瑕疵的时段尚有待到来。有些时候，某种技术的偏颇，比如在诗体的一面耽于某种"瘦金体"——当然这是一个诗人的偏爱，我们也没有必要去勉强。另一种情形是，诗讲究浑然一体，那么，对于短语和诗句的刻意断裂，就不妨保有警惕。或者说，某些情况下，这些短语或断句会伤害诗意的铺展与形式的完备。记得 2019 年第一期拾壹月论坛期间，参加活动的几位诗人与批评家曾经为他的诗品作了善意的解剖，那些建议对于作者会有深远的引导意味。说到底，一个诗人只有自己才能完成自己。在子非花新近的诗里，他就改变了曾经的行文方式，使得诗体饱满，诗句完整、顺畅又不失自足，同时在陌生化处理中葆有了其内在的张力。故而，我们有理由予以祝福：子非花的写作虽然起步稍晚，但缘自写作的禀赋和经验所赋予的情怀练达，其写作已经有了长足的进取，故此可以相信，诗人一定会有一个让人期待和自我期许的"传世之作"的未来。

2020.10.26-11.8 于言鉴斋

2021.11.1-11.6 修订于兰石轩

目　录

第二辑 ｜ 2020 年度

第三辑 ｜ 2019 年度

第一辑｜2021 年度

秋天的戏剧

——致 S

她人一直在抗拒的镜子里
微笑
理发师洁白的手滑过镜面
发梢是敏感和善变的触须
秋天戴上面具
背离我们远遁

曾经把你植入
戏剧的一个片断
你发芽，生长，把一颗心
胀满，爆裂
你是囚禁于海底的
橙色火苗

南方之南
揪着你的发辫
从轻盈的海水里萃取苦难

并给隐藏的嘴投递食物

北方以北——
哦，月亮，这远方的囚徒
流经你的是一道
残酷的白门

风暴之后
阳光白得像午后的一个错觉
直线突兀地站立
舟楫从一个虚址嵌入
一个悬浮的暗影

你在撑开的褶皱里哭泣：
"哦，如果无法选择，
就让我们用眼泪
打开全部的生活吧……"

2021 年 8 月 24 日晚

橘
子

秋天的戏剧（之二）

——致 S

四季的铲子不停地铲着
时间的雪溅起飞沫……
某个夜晚，在山间穿行
飞鸟的臆想中泛起
温柔的惊诧

你坐在身旁
引导弥漫过来的黑夜
进入远方
洁白的手臂
从容揽过一轮圆月

"月亮升起，如一个断崖"
这是一首往日之诗
这时，在松塔之上
月光忽然有一刻的停顿

森林和峰谷，还有山茱萸之夜

一起饮着月光

我们听到一粒松针

微小的鸣叫

月光里的山路

像一枚沉醉的钥匙

树木像旧时光一样闪过——

越来越近了，陆离的灯火

一座斑驳的小城

哦，破碎的山城

破得像一个陈年旧事

秋天晃动金手指之夜

你美丽的脸犹如一个过往

郊外的旅店

铺满了霜迹

这黑磁铁之夜

被一种寂静

完美地劈开

哦，小城你好

今夜，就让我们轻盈地

流经你吧

此时此刻，今天的风不断吹向

那一夜

碎裂的镜中

2021 年 8 月 27 日

秋天的戏剧（之三）

山谷中

群峰壁立，如一个漏斗

你讲述你的故事……

唇齿间泛起一朵微云

一滴水撞击耳膜，发出鸣叫

你是我心中生长起来的

一颗柔软果粒

又一个夜里，你在做梦

耳朵里长出植物清澈的果实

秋天的香气

沿着你的指尖渗出

山间飘过

针尖上矗立的橙色星球

一片悬挂着的眩晕

哦，又见月光！

这清洁又芬芳的气球！

山间旅店的屋顶上，我们交谈

欢唱……月光照着

这浑圆之夜

一寸一寸的光阴

缓慢流向未来

你正被一个幻觉击中

哦，虚弱的山谷！

一切的所见皆被掏空

这普遍的空洞来自一只

沉潜的猛虎

爱情在秋天脱落

像过去年代的发丝

我们的旅途结满霜迹

返回来处，你突然出现

就像树林中敞开

一道洁白的门扉

2021 年 8 月 27 日

无　限

你充满有限纸张的一天
将一些麦芒高高竖起
看！你终将回到
被秋天忽略的广阔情意

到达深秋，
你再一次看见辽阔的我们
公元前你被追逐
公元后你追逐她们……

美丽的时间往上看
是一生的流水

落叶踮起脚尖
小心翼翼地踩着
消逝……这永恒的尘土
在岁月溅起的飞沫里
你突然看见……

蚂蚁们拖动微茫的自身

像拖动一块无限的布

2021 年 11 月 24 日夜

又见璞澜

一只尾随的虫子

在灯火阑珊的街巷

以隔岸之力，用于击溃

假日里汹涌的人潮

和这一刻的我们

接着又一只

在暗夜里分解为果粒

进入，撤离的灯盏——

柿子，这悬挂的秋日之心

可是，谁能够撤离永恒的泪水？

让她在别处飘飞？

这间旅店

擅长用音乐唤醒往日

你轻灵的笑意，像消失很久的

某个午后

一道断裂的问候

人们，从异乡迁来的
一个个孤独者
更加拥挤同时更加孤独
街市，这更大的孤寂者
向你们免费发放灯火

最后一只虫子飞来
仿佛来自消失的彼岸
携带彼此啃咬的沙粒
在不眠的灯光中传递消息

到处皆为异乡
而故乡也正在他处漂泊

2021 年 10 月 4 日

地下铁
——所有的消逝都和我们有关

湿漉漉的地铁车站
挂满眼睛
大雨透过雪的幻象
秘密地降临

从生到死
雨水持续地浇注两端
晶莹的泪珠
永不停歇地旋转

啊啊，尘世啊
为什么透明的……
总是眼泪？？

嘴唇所收拢的幻觉
使你一下子坠入周围的空白
世界沁入水中

一条通道骤然打开

"爸爸，这是回家的路"
花朵们醒着，铺满一地
如我返回的漫长路途
而你端坐如一夜的路牌

多年以后，一个早晨
陈旧的地下铁
崭新的人们

寂静的阳光注满一只碗
——这黄金的照耀是持续的钟
在尚未抵达的地方走动

2021 年 8 月 4 日

遗失的图景

之一

一个幽会般的清晨……
你回到收拢落日的道路上

熙来攘往，物质之行
微小的事情攀爬，熄灭和重生
白昼隐藏于孤寂的水洼
物体旋转着：谁在解读这荒谬的世界？

你在空隙中重获新生
绝壁扭动腰身
阳光"唰"的一下开始漂移。
哦，白雪之巅闪烁！
悖谬的暗影开始运行

你的凝视陷入迷雾：林芝的桃花
以及南伽巴瓦的雪峰

一个姑娘清新的肌肤
一朵迷幻的宠物之花
雅鲁藏布江，蓬勃隐秘的雨中，谁在游泳？

哦，世界，让我如何捕捉你逃脱的幻影？
印度洋顺着裂缝前行
风，扬起尘雾
江水，这低处甜蜜的歌者！

之二

在一个蓝色懵懂的早晨
林间空地
野花瞪着蔚蓝的眼睛
我们躺下，小事物们
手牵着手
成群结队
逐一通过正午之门

你的出现，就像一个观察者
瞬间跌进一部电影
惊奇地遁逃

突然，一群野马窜出，欢腾如一缕童年
犹如一条绳索上脱落的缤纷图景
我眼前的树木纷纷倒下
盗伐者正盗走最后一片阴影

鸟是空气的使者
不断地奔赴天空之约
"哦，亲爱的雪线，你高高擎起的，可是这尘世的悲欢？"
你可见到，那林间惊恐的鹿影
意料之外地闪现？

之三

驱车前行
空气抖动微小的晕
微凉的时间，蛰伏在我们之外
飞动羽毛般轻盈的乡愁
一如土拨鼠之梦！

日光之城！故乡
镜像般炫耀的鹰
凝重地降落，击穿我们的孤寂之花
雪线崩决，荒凉之水

沿蜘蛛的途径

汇集到一个金色的大城

黄金的宫殿犹如端坐的太阳

诸神云集的布达拉宫

急促的呼吸涂抹天际

把天空涂得明亮

你的声音升起，犹如稀疏的星座飞升！

来自唐代的命运女神

携带爱情和植物的种子

纺织，播种，放牧，太阳麦粒一样

跳动，篝火燃起思乡之焰

一幅图景嵌入雪的血脉

荒原，你们的前世，在同一的时刻

开花并且凋零

这难道就是真实的映现？

我们被照进同一株青稞的未来

利刃般的阳光

隐喻一样抽打，镜中的幻像

以及象征主义的公路，楼宇，跪拜的人群

大昭寺的佛像被烈日一样的幻觉

远远地牵引

哦，黄金之城！最初的故乡
阳光，这秘密的诸神之鞭！

之四

新的秘境缓缓呈现
广阔的布景：牦牛和羊群
是雪山布下的可疑暗哨
阳光是大地的麦芒
黄金的针！

风，来自物的启示
"哦，世界的尽头，孤寂终将终结"
群山赤裸如鱼
犹如诞生之初
唐古拉，凝固的奔腾！
云朵卸下雪的王冠

这个时节，湖泊团结如镜
博大的映照！你湖畔微茫的缄默
牦牛群逼停雪线，蚕食荒凉的草原

所有的悲欢，怜悯般地抵达
像一个咖啡馆的下午
缓慢的时刻，我靠近一个虚有之物
一个残缺的完结

等待！这稀缺的来临！
我们的汽车像一只土豆，越过山口
一阵遥远，像犀利的风
抚摸太阳的创口。一幅陈旧的辽阔
雪山变幻切割的方向
阳光普照每一件小事物的终点！

之五

更高的映照！
所有物象缩小又缩小
如一阵絮语般的晚风
铁锈一样的天空，被锈住的星星
和我们忽略的小细节们
打着扭曲的暗语
人们，膜拜遥远的事物
任由不易觉察的小啮齿动物们
从身边溜走

然后，聚集起来，啃食着远远的
地平线
直到啃得发烫，发亮，燃烧
像一个精确无比的早晨
纳木错，冷冷地映现一切
收拢万象，纳入镜中

一切犹如幻景：
如果火焰是你，那星宿岂不是我？
灯的普照，唤醒来世
我们重复着进入芬芳的尘埃

2021 年 5—6 月

橘
子

树屋——写给我挚爱的孩子

我们拐进小路
初夏泛起微光
你搭起树屋
握住风中的鸟鸣
松树枝折断，在我们手上释放
清澈的芳香
环绕着一个小小的城堡

我躺下，犹如一粒童年
你躺下，笑着，"比孩子更像孩子"
像一枚盛开的松果
这是我们的时刻
"哦，爸爸，秋天，我们还要来看看这个树屋"
此刻，慵懒的小蚂蚁被揽入怀中

是的，未来是一颗微小的松针
正躺在一缕光影里
风，像粉末一样幸福地

向我们吹着

我们在荒野的小径漫行
嗅着下山的路
植物葱茏如正午的忧郁
孩子，你的手握着我的手
就像植物握着这个夏天

2021 年 5 月 13 日

消隐者之歌

一颗泪滴
一次清醒的花开
隐匿者鸟群般掠过
人类的头顶，消逝
这神祇的呼吸——

神秘扩展如涟漪般的眩晕
热是宇宙溢出的
一块新玻璃
人们，在反复的蒸腾中
被囚禁于透明之物

片刻的消隐
唯有面部充满缓慢生长的植物
舌头，这丛林中踱步的老虎
不断抛掷出思想者的絮语——
漫天飞翔的石头

竹子，这唯一的觉醒者

吸饱了晨曦和暮色

衔满杯盘

把隐蔽的食物打捞上岸

完美的呈现

在碗中一次性绽放完毕——

食物是午夜饥馑的花蕾

轻盈的蠕动：

一次逃脱和一次潜伏

含满水分的房间把你再次注满

你会再一次妖娆

你把自己放进丝绸般的欢乐

……

2021 年 7 月 13 日

街 景

你把手举起，仿佛攥着一个意义
手松开，一个不确定的答案飘落下来
问题像是蚂蚁，在很多空隙钻来钻去
我保持着一轮缄默

事件闪动忽明忽暗的眼睛
一个卖红薯的老人牵着一个往日
一个少女迎面走来，人群升起奇异的背景
一朵花开在幕布中央

2021 年 1 月 7 日

街景之二

你缩小为一阵

零距离的晚风

夏天脱落成一朵

幻影般的尘埃

你蹲下，黑暗，绕到背后

托举起整个街道

天空布满暗哑的石头

花，哦，花是街道上残存的布景

下午，请无限靠近

这朵忧郁的花

铁锤敲击天空

我们捧起夏天的碎片

2021 年 5 月 13 日

街景之三

太阳，裸露的金

树的寂寞是一种嘲讽

鸟是空气颤抖的膝盖

找准有阴影的地方刺入

你收拢，强烈地撞击

逝去的情谊列车

中断蒙讯，来到一个玫瑰的清晨

事物正卡在一个齿轮上

街道是忙碌的邮车

快递员叹了一口气

把自己不断地投来投去

干洗店中断了一个晾衣架未来

你奔腾的讯息

抵住白昼咽喉

星期日从那里飞出

循着玫瑰的路径

2021 年 5 月 18 日

纪念日

纪念日吐出奇异的光线
一个符号投射入脑际
隐喻或者暗示?
手绘的白天多么洁白啊

傍晚,微茫的果粒——
这漂泊的金
夕照,果汁的浓缩液
给甜蜜的一刻浇上盖头

叔父的糖果
被扔在记忆的悬空处
阳光嘭的一声
中午被准确地命中

天空和石头是纯粹的粉末
混乱宣言像无厘头的星斗
开始闪烁

2021 年 7 月 11 日

橙　子

橙子，我黄金的故乡！
你流出的金色蜜糖
秋日之果，贮藏着风和昆虫的隐秘交谈
你把一段流淌的蜜卷入核心

年代酝酿的果实，流淌心酸的蜜
风起了。岁月金黄的倒影涂满太阳
你收拾行装，光滑而明丽，落入粗糙的手掌
被投掷到一个个远方——
橙子，我汁液饱满的故乡！如膨胀之水，隆起
印满手指的美丽臀部，肿胀的弧形诱惑。
砧板承接着一个
赤裸的旧日风景
一把利刃从腰部斩开
汁水开始喷射，击中你的口腔

喷射不会停止。这个黄金般的下午
一只橙子和自己的命运撞在一起

2021 年 1 月 26 日

玫瑰园的狂想之二

"他们"从上空飘过
那是我们的一个虚影，情境布满落花
一双慧眼忘却了多少凝视？

一切的玫瑰都只朝向虚幻？
冬日的玫瑰园，被冻结的香气
撞向一堵虚弱之墙
冬天也在寻找，玫瑰隐匿的芬芳？

老虎开始漫步，在玫瑰园仰望星空
树木，这尘土升起
并连接星空的唯一通道
枝条凌乱的步履，踩着夜空
星星颤抖着
哦，一个幻觉！
老虎嗅着夜的机密——

一些触手可及的耳语，一条锁链

"听话，你们将拥有面包和自由"
黑暗中，我们隐蔽于谬误的胡同
真相和纠结相撞

玫瑰园的上空
白云犹如一个浪子
不断投掷出新鲜的时辰
以及，一粒尘埃中的广袤世界
蚁群旋转着
犹如旋转的群星

2021 年 3 月 28 日

峡　谷

你掉入一个壳中
像一颗未孵化的蛋
峡谷执著于缓慢地漂移
水面以原初的清澈拒绝着
阳光的欲念

你在一个幽暗处爆炸
大口呼吸早晨清洁的空气
天空打开栅栏
释放出寂寞的鸟群
鸟群掠过一亿年以前的群山
惊奇注视着缓缓打开的——
我们的世界……
飞机，高铁，膨胀的城市
被欲望编织的人群
以及在峡谷中漂流的我们……

夕阳拷问每一个面具

视线之外，更年轻的花瓣

开始聚集

你奔跑成一个粉红色的小球

晴天里的一只乳燕

新的年代的群山缓慢涌起

黑暗是世间的王者

升起——

"黑暗中，谁升起，谁就是主人"

永恒之水驱赶着你

从峡谷跌入黑色的平原

2021 年 1 月 3 日

十月之水

十月之水浸润远方

并向天空倾吐白色云朵

你噙着一个悬浮的笑意

爱情紧闭嘴唇，秋天开始搭建一座隐密花园

十月之水绷紧于一根琴弦

你衔接着古老的江南烟雨

一个傍晚，列车缓缓穿行于一个潮湿的小站

湿漉漉的绳索牵引着时光之轮

哦，终将抵达：十一月的眼神

意味深长

引领夜晚也引领白天

引领昨夜的微笑

十月之水，映照万千岁月！

你向未来摇曳一池秋色

尘世波涛汹涌，爱情月光时隐时现

突然，一颗新的星辰击破一面镜子

2021 年 1 月 19 日

光阴的故事

面对未来，你是古老的琴弦

星星是你迸射出的新鲜音符

天空像鼓声掩埋大地

临睡之前，你弹出一串幸运的萤火虫

猝死的秋天，来自某种混沌的暗示

冬天抛下白雪的鸣叫

春天是一夜发情的火车

夏日安详。阳光开始又一轮鞭笞

我的床铺此刻正对窗外：

那条无情漂过的光阴之流

落日盘旋，古罗马的倒影进入一种等待

远古的光晕投射下来

2021 年 1 月 26 日

切 割

一根手指竖起，如一个初生的命运
蓝天温润包裹着她
冬日是一把利刃，开启美妙的切割
一下子启明星弹起——

白天和黑夜被完美分离
头颅像树林弹射出来的鸟群
纷纷被一个远方吸走
我是一枚遗落的掌印

掌印是并不完美的故乡
白昼也不会轻易完结
暮色牵引着，一枚白月亮缓缓飞升
时间开始新一轮的切割

2021 年 1 月 26 日

猫

白天，你挪动
并为事物注入阴影

捕猎者蹲在树林深处
为赤裸者种植毛发
一只猫"喵"的一声
撼动了整个森林

傍晚亮起杯盏
一只猫，吃掉了她的影子
她更饿了

楼下喂猫的女孩
聚集的猫
老鼠们的寂寞像一页白纸
流年，收缩为一缕喟叹

2021 年 5 月 13 日

哀 歌（原名《悲歌》）

爱飞翔的
永远是鸟儿，正穿越这块
永恒的玻璃
时间降临她的凹处
然后，静静地躺在
透明的篮子里

这是一块宁静的碎片
映照着一个
利刃般的远方

情景，像尘土铺满路途
我们紧握住隐密的情意

怀念乡村，告别爱情
那忧郁的闪电，来不及告诉我的
我也来不及告诉你

人们踩着重叠的脚印

在被生死卡住的两端

在消逝之上

布满被抽打着的

时间的闪电

道路伸向远方

青春伸向衰老和消亡

春天还远

火焰在坚硬的土地上

种植暖流

我习惯在遥远的村庄

播种麦子

倾听果实的鸣叫

以及五月的风

肆意地吹。

人们怅然若失

不断陨落的花朵

聚集在，唯一的隐秘的入口

——

写于 2018 年 2 月 28 日

修改于 2021 年 5 月 17 日

枣

哦，枣，枣……
在某一刻，你映照出蔬果的轻盈
生活之杯，你幽暗地闪现
小贩们无精打采地揪着一轮中午

十月的季节
植物们在图谋聚散
许多夕照后，你开始绽开
从过去年代迁来的
隐密纹路

枣，迷惑于一轮流离的迁移
和一个干燥的幻景
不断滚落和收拢的
市井之旅

枣，丧失水分的终结者
无限聚拢的眉头

最终擒获一枚甜蜜的硬币

和风干的月亮

2021 年 8 月 14 日

茶

茶叶所熏染的金色未来
紧叩你的门扉
秋雾起时
你黄金般脱落于
秋之发梢

多年以后，一片植物的叶子
从此出发被重复植入
人间生活的片断
在一种苦涩的宁静中
我们用心情来摘取叶片

来自东方的圆润幻觉
暗中拧紧的发条
树林中突然敞开的美丽世界
爱情和禅意所阐述的未来
在氤氲中升起

我把自己按进这个秋天

融入，从春天一路

绽放过来的

橙色眩晕

2021 年 8 月 22 日

第二辑 | 2020 年度

蓝色幕布

之一

水流拉长了天空
并种下小雨点一样的鸟群
你珍贵的黄金岁月
蜜一般泌出来
我将凌驾于巴颜喀拉山脉
庄子起舞

你皮肤般的流水
沿着五月的秘径
膨胀如一块蓝色幕布
"孩子，六月之后我们将尽情玩耍
并在收获后的谷仓中跳舞"

"我终将致力于另一个梦境"

庄子洗脸

把所有的梦境重叠
并停泊于一个正午
庄子安静的洗脸

你通向你
你是一片被截取的流水

之二

最初的一片澄澈
明亮如高原之境
臣服于奔驰的宿命
我日夜不息

黄土是沉默的王者
湮灭于水

水流宛转
逝者如斯
我奔向所有事物的
中心
并不断沉沦

之三

梦境终将终结于
梦境
我膨胀如一块
蓝色幕布

奔驰，怒吼，廓然停息于
一个蓝色山谷

我所挟裹的泥土张开
黄金般的手掌

蚂蚁般的人群
系在你细小的腰上

时间的绳索
一边缠绕，一边断裂

我膨胀如一块
蓝色幕布

2020 年 3 月 4 日

隐秘的时刻

——致 S

夜晚，挂满酒杯

丛林中举起的

蓝色火苗

爱情脱落，滚了一地

身体里升起

树枝和雨水

缀满白色的纽扣

白色纽扣就是春天之吻

犹如驱车穿过一片树林

幽暗的片段

闪着奇异之光

脱落的一片片羽毛

啊，谁在倾听

我们身体里的流水

阳光不断跳动，花朵轰然鸣响

一个脸庞，又一个脸庞

在这个时刻

被隐秘的时针

拨动

2020 年 4 月 13 日

谁将漫长的一生切割完毕

——致一位友人

微笑跌入一个细节

某次等候像一个逗点

我闯入尘土之门

微小的事物泛起涟漪

想和你稳定于一杯水中

杯子碎裂

某个瞬间突然折断

谁将漫长的一生切割完毕？

岁月疯长

日光葱茏

美丽如周天子的某次宴饮

夜晚漂浮的圆桌

部落的图腾嵌于月光

你我怀抱一粒种子

进入各自的雪中

总是在臃肿的时刻
等待的雪山崩决如
万马齐喑

谁将漫长的一生切割完毕?

2020 年 4 月 20 日晨

年　代

向左旋转的灯
空气中爆裂的年轮

虚幻的年代开始收缩
我们在壳中敲击
随意吞吐的舌头
犹如白日焰火

你融我，诱我
我在金币间闪烁的手指
和被雪片锤击的咽喉

你太想挽回一段诗意
哦，没有诗意
事物正沿着秘密轨迹运行
只有意外
一片落叶，一朵花
意外的凋零

眼角是星光灿烂
嘴唇上是茫茫黄昏

阴影中
梅花鹿踩中狂乱的
鼓点
鼓点隐藏于整体内部
廓然不息

太阳狂暴地涂抹着世界
哦，白色阴影向四方展开！
列车一下子刹住
所有的瞬息突然崩裂

2020 年 4 月 25 日

这世界在练习倒立

阳光被弹射进一个梦境

翻腾的两只白果

隐秘的夏日胜景

移动的步履如

闪烁于手心的蔷薇

总是用今日

不断地喂养

昨日的浮光掠影

人潮升起

挂满活色生香的傍晚

这些落满手掌的生活场景

牛奶，草莓以及榴莲

这些小啮齿动物

如漂浮于午后的树荫

试图挣脱某种锁链

树木掉落怀旧的鳞片

泡沫仅仅消逝于白天

膨胀的时刻升起
如一个恩典
正午张开如一个口袋
哦，风！

这世界在练习倒立
没有谁在怜悯我
没有谁在乎
我如旗帜般被重新升起！

降落！不停地降落
所有日光降落至地面
一寸之上

怀旧。悬浮的日光
如一个幽灵
在此刻
笼罩我

2020 年 5 月 4 日

橘　子

——写给我的自闭症孩子

孩子，你坐在那里

身子前倾

一日的安静，如水静止

思索之流

被分割成一个个小房子

盛满，夏日之心

像一个个柔软的橘子

最柔软的时刻

夜晚归来，小小的房子盛开

"爸爸回来了，爸爸的车"

爱之门

轻盈地敞开

心地泛起潮水

"你就是我呀，我们一起映照于镜中

我们将一起度过漫漫此生"

简单，简洁的生命

你在白纸上涂抹

谁也看不懂的象形文字

如幽闭于另一个空间

神秘的白纸散发

往年的芬芳

简洁像一个

偶然的橘子

秘密地升起

2020 年 5 月 5 日

后记：这是我写的最简单也是最艰辛的一首诗。
重新写诗三年了从来没有专门给大儿子写过诗，可能
不愿触碰心底的那片忧伤。但写的每一首仿佛都是写
给孩子的：关于爱，柔软和生活之甜（或者苦）。今
天算是把自己写泪奔了！边写边流泪。故谓之艰难。
写完之后，仿佛完成了一个事情，反而有说不出的轻
松和愉悦。

八月照相馆

八月照相馆吞没于一曲哀婉的歌谣
从笛管渗出血液
你开始描画骨骼

骨头从昨夜开始唱歌
风一样抚摸夜
并开始穿过爱的沼泽

八月照相馆
照彻内心洞悉之水
点亮隐蔽的洞穴

六月，我在某处停歇
蝴蝶振翅欲飞

七月，远方之远
开始一场幻觉风暴

时间中止于途中

八月，被照相馆的橱窗

擦亮

相片消融于尘土

九月，被歌唱的声音

唤醒

眼睛迷乱于现世烟火

十月，鞋子从鞘中掉落

发黄的微笑困于危途

十一月，诗歌终结于一个早晨

太阳的句号渐趋圆满

十二月，所有的诗歌碎为尘土

照相馆的废墟上

一场大雪开始飞行

2020 年 6 月 27 日

清晨怀想

——写给我的孩子

远处天鹅发出风一样的叫声
而你终于长大如斯
注视着蒸腾的水汽
从人世间升起
在成熟中落地

母亲一样的光
扇动双翅
怀抱温润的新巢
小鸟欢唱往日之歌

被群山遮挡的清晨
转过我的指尖
并默默停留一会儿

你终于长大如斯
被造物之手神奇地拨动

我内心的潮水呼应着
远处天鹅的鸣叫

2020 年 6 月 27 日

写给海子以及故乡

近了，近了
你的故乡和母亲！
我呼应着你心底的潮水
在新的羽毛诞生的时刻

近了，近了
七颗星辰扑面而来
南方啊，你生长于斯的孩子
怀抱故乡丰盈的稻田
安睡于此

故乡散发幽香
母亲的白发叩击年岁
并闪躲于一张
猛烈的旧日风暴

把爱按在地上摩擦
挤压出甜润的笑容

四姐妹纷至沓来

生命被这一页撑满

十二只天鹅涉水而来

故乡直抵终点

翻动的书页

戛然而止

2020 年 7 月 19 日

在嵩山听雨

我坐进自己的口袋

夏天倒向她的嫩芽

风撞向风

水进入更隐秘之水

我们好像某年春天

丢失的一只耳朵

总是支撑起某些陈年旧事

来来往往

今天早晨

我端坐如铁

雨水进行着盛大的集会

我们中间隔山隔水

沉香开始燃烧

夕阳高于一缕烟

2020 年 7 月 19 日晨

一个片刻

慌张的下午
呵，这世界向着幻影打开
迷雾升起
如一个旗帜

向鞭而生
隐秘之物被不断抽打！
人们荣誉般倒立
你，被蜜汁般的毒液吻醒

世界落荒而逃
你膨胀如一个荒原
侧身打翻一个瓷器
碎片中，重新种植的手臂
黄金般垂落

手机响了
生活之屑飞扬
现实之窗仓皇关闭

2020 年 7 月 21 日下午

途中之二

生活常常被拽出倒影的边界
话语脱离轨道
被高高抛起
这一瞬，进入唤醒的序幕

扑面而来的
一颗泪珠，张开双翼
汽车疾驶于高速公路
风，不断被折断于途中

歌声穿透幕布
耳朵张开朝向往日
已死的世界甲虫般复活
隐秘的通道已经打开！

你，被甜润地吻过一次
风，极速地绕过一柱烟

　　　　　　2020 年 7 月 21 日下午

在抚仙湖畔

一只玫瑰淌过心尘
谁将洞穿你的一生？
并进入另一个回声？
星光的意义就是
迎接疯长的野草？

我们聚于指尖
聆听一朵花的颤抖
尘土微微隆起
风，缓缓注满一个轮廓

哦，对于我
今晚的云朵过于洁白
月光过于清澈
像一轮忧愁
向湖水倾倒

2020年8月2日凌晨

在抚仙湖畔之二

——今夜，我进入一段新鲜的神秘

江南如昨，你幻梦般闪烁

你的话语伸出

如一个手臂

"生活已经如此美好，何况有你，

我们进入被清洗的世界"

现实碎屑纷飞

终将飞落于各自的镜中

独坐幽篁

弹琴复长啸

汽车飞驶

树木挣脱倒影并开始等待

你，幻梦般闪烁

你在湖畔确立

一段往事

"瞧，你在那里站立过
并触摸过一棵水草"

一切的飞跃
仿佛将撑破今晚的月光
"总有什么笼罩着，舷窗外
总有壮丽的风景"

我们向着边界纷飞
我们开始抚摸
另一个窗棂
湖畔老农一直在叫卖
"新鲜的玉米，新鲜的"

废墟中的村庄
一直在崩塌中

2020 年 8 月 2 日凌晨

椅子逃往冬天

台阶一级级庇护着
雨滴一样坠落的脚印
偶尔有沉默者端坐于手掌
一如乌云坐满天空

桌子潜伏
椅子逃往冬天
你所捕获的黑鸟群
囚禁于哪一片树林？

年代像一条垂死的鱼
执着于残酷的呼吸
黑雨滴比我们更懂得珍惜
生活？那些飘浮于暮晚的气息？

升起还是落下
歌声无法悬挂于自身
视线吸住蒸腾的图景

你低头嗅嗅手指的芳香

稀疏的面孔掠过某个早晨
丛林喂养的灰鸽子腾空而起

外卖小哥穿梭于大街小巷
你快速闪躲于年代的印记

你美丽的脸闪动如夜色
你抬手升起一轮新月
月亮忧郁地朝向北方
瞬间，这根绳子挂满岁月
岁月啊

2020 年 11 月 3 日晚

升　起

野兽秘密醒来
骨骼瞬间打开
蓝色血液涌流

咣的一声，玫瑰花垂下
蝴蝶金属般碎裂于庄周之梦

翠绿色的牙齿
在撒往春天的途中

遥远的事物在奔突
生命里开满缤纷的图景

一张脸醒来，又一张脸
在暗夜里活泼的闪躲

花朵缀满危途
黑暗惊慌的逃遁

夜晚，我们从船底捧起落日
你在倒影里把自己打开!

2020 年 11 月 5 日下午

陌　生

你转过一个弧度
倾斜的夜晚，红绿灯急促的呼吸
如一尾脱水翻腾的鱼
陌生的城市向你涌来

你开始链接一个时刻
一个人在某处张望
空洞缀满白色的黑眼睛
你落入一只巨网的深处

蓝色火苗开始燃烧
焦灼是一树干渴的红苹果

2020 年 11 月 5 日

故事之一

肌肤光亮如悬挂的镜子
光阴倒悬并被缓缓升起
一小块阴影被记忆
你盛开于阳光明媚的中心

打开一小块绿色领地，
盛大的秘境，这里聚集流浪的眼睛
透过即将落幕的夕照，
你看到透明的往昔
这是撤往五月的唯一秘径

往事如一个吸盘
吸住发丝，暮晚和秘密
巨大而闪耀的虚空
隐退中的爱情依然如此澄澈，圆满

你濡染于一个漫长的甬道
一段潮湿之旅程，一颗干燥的心

故事之二

幸存之诗和唯一之书

锯齿般切割……剩余的岁月

我们的甬道烦闷悠长

你年轻的肌肤在暗夜闪耀微芒

岁月正捧起一本陈旧的书，缓缓打开

书页新鲜而芬芳，

整个下午是一朵未完成的花

你和镜子相互映照

我们彼此阅读……飞鸟震竦于落日

第二天早晨，我们穿上最轻的火焰

穿过黄金巨碗

稀疏的图景开始从幻影中飞升

你扑面进入微风的边界

事物忍住最初的泪水

你扳起脚趾，呀，过去年代的广阔

把你包围……

叶片上升起遥远的金葡萄

2020 年 11 月 6 日夜

暮 色

你扑向下一轮暮色
像惊恐的云朵奔赴幽会
森林边那女人充满白色想象
再次的震动让人迷醉

暮色怎会消融？落日沉潜其中
在我们的指尖之外，世界轰然运行
森林隐蔽着翠绿色的秘密
我们纵身一跃，巨大的壳裂开一个缝隙
光影触碰光影

沉入想象之网！落日总被时间的绳索打捞！
四只绵羊舔舔彼此的眼睛
在运送太阳的途中

2020 年 11 月 20 日晚

橘
子

梦　境

正午倒悬于落日

桌子平静如水，纸张衔接着旧日烟火

我将要承接你迢递过来的路途

征途遥远，一个梦催开一朵沉睡的花

一重掉入下一重，时间更慢

惊悚来自错乱，永恒的爱情沉入最后一重

"这就是你们的世界！"一边崩塌，一边重建

闹钟及时响起，熟悉的音乐开始膨胀，鼓起

触角触碰敏感之弦，倏然惊醒……

世界倒悬如鼓，猛虎沉沦于蜘蛛的故乡

真实倒影于虚幻？幻影链接至可触摸的世界？

你纵身一跳，击穿最后一重梦境

2020 年 11 月 23 日

祖国的早晨

城市，是一个巨大的吸盘
只在夜晚释放虚幻的钻石
我把自己伫立成白日的一个风暴
吞吐着尘世烟火

光，是黑夜里的一根闪烁的骨刺
卡住我们的咽喉

闸门打开
眼睛如锥体，注射进一个渺远视线里
汽车被推进一个黑暗
旧日的灯光碾压过来
我恍惚看到你脸上的富饶

渐渐地，这冬夜褪去她黑色的鳞片
裸露出艰辛而荒芜的早晨
我想起鲜嫩多汁的祖国
陌生的面孔从三个远方向我靠近

你现身于这唯一的时辰

整个早晨，我一直在收拢光阴的暗影
你坐在光芒四射的中心
笑，是一片最轻盈的羽毛
我们的影子进入新一轮的逃遁

2020 年 11 月 29 日上午

回　声

我吻了吻祖父的眼睛
……

然后，人们相互链接
鱼贯进入黑暗之门
暮色敲击天空
突然间从终点传来回声——

下午是低飞的蝴蝶，抛下的一串鸣响
夜晚是白天徐徐脱落的倒影，发出的寂静悲叹

一颗早晨的露水
终将承载黑夜裸露出的全部秘密

2020 年 11 月 30 日凌晨两点

玫瑰园的狂想之一

长天，长天，你有蓝色的悲鸣
犹如水果攥着一束臆想的光芒

远方，一颗红色的戒指爆出微响
你金色的醉饮让茶叶晕眩

身体是一个边界，蒸腾的水汽
弹出一朵怀旧的玫瑰
在我们的疆域产生回响——
从果核跳出的美丽瞬间
以及，童年的树叶上镶嵌的一弯新月

沉默者吸紧树叶和冬天
犹如我们吸紧千里之外的一枚硬币
尖锐的天空，让光阴受伤
硬币是疆域里一列脱缰的火车

钥匙吻着锁孔，金币飞向月亮
一只玫瑰是最终淌过时光之流的精灵

2020 年 12 月 7 日晚

橘
子

断章之一

你从千里之外的一个针孔里飞过
抖抖羽毛
思想在正午之光中沉睡

一颗玉米站立于迷途
在黑暗中露出洁白的欲念

夜晚的灯光轻叩永恒的边境
巨大的舷窗涌出美丽星空

群风机密的隐退
大雨带领我们脱离往昔

阳光泻下一片新羽
早晨像一柄油纸伞缓缓撑起

一朵玫瑰热烈而寂静的响起

春天是一列释放芬芳的火车

2020 年 12 月 8 日

杭城记：碎片

昨天裂成很多个碎片
像尘世涌起的一场冬雪
你映照其中的部分终结于一场漂流
内心幸福的球形闪电——
啊，你把一只手臂伸进浩瀚星空！

事物柔软的部分被我们拼接于天空
我们站立湖畔，坚硬的部分沉默如铁
一个飘落的时辰
对应着一朵境中的花
一只只红色的蜻蜓，城市的灯火——
从宋朝伸过来的温润手掌

在食物芬芳的碎片里
自行车眩晕地漂过

2020 年 12 月 10 日杭州

编织者

十一月如初放的花蕾

充满犄角的天空

地球划下的一个圆弧

宇宙"唰"的一下，弹出一块新的幕布

每个人脸上凝重而哀戚

"流逝"，这是一个不治之症……

夕照抚慰每一张经过的脸——

面具背后的螺丝，一一被拧紧

飞蛾是晚间的常客

她是编织暮色的织布机

"落花流水也被编织"

一块黑白相间的布从古代延展过来

编织者的双手也被编织

你把自己编进未来的暮色

2020 年 12 月 15 日中午

北方的冬天

冷……突然绷紧
冬天一下变得松脆，灯光也在收拢她的触须
天空拉下一块"冷"的帷幕，人们各赴西东
旅途中散落的小数点……

季节的钝角触痛往日
早晨闻闻月亮的躯干

暗影纠缠着你
宇宙是一只黄金奶牛
均匀地涂抹洁白的乳汁
未来，透明的水——被装进一只玻璃杯
供你啜饮

散落的和消失的……
这一刻琴弦拨出唯一的颤音
人们！神秘之手开始搜索
你是一枚无法按时升起的圆月亮

2020 年 12 月 22 日下午

冬　夜

睡吧，天空合上灰色的眼睑

柿子，这唯一的灯盏击中黄昏的心脏

山是垂直于时间的水

从天空泻下他的帷幕

被洞穿的腹部，吐出蓝色泡沫

树木平静如斯。突然，被某个情节击中：

一场关于冬天的宏大叙事

黑山羊，暮色中逃窜的省略号

旷野，在你的视线里远遁——

这一切，是谁，洞悉了星光的投影？

风，开始最原初的抚慰

黑暗终于得到漫游的许可证

　　　　　　　　　　　　　2020 年 12 月 29 日夜

第三辑 | 2019 年度

无　题

你点一点头
梦开始醒来
梦中的星辰扑面而来

除了我
你梦见了世间的一切

某一刻
所有的故事一同醒来
所有的面孔一起呈现

千千万万颗心
和所有的星辰
开始一起跳动，闪耀

庸常的生活也开始醒来
把我们带入新的时刻
无尽的灯盏照亮你
并击中你

我们继续开始

或者结束

梦，还是生活

爱，还是呼吸

今夜，我们

遇见了尘世间的一切

2019 年 1 月 30 日

橘

子

从　前

从前的人们
在五月唱歌
在六月收获
在七月种植和灌溉

从前的人们
在稻草和谷香中
分享喜悦
追逐爱情

从前有更昏黄的灯光
更纯净的雪
更炽烈的阳光
让人晕眩

从前的村庄
流过你
也流过我

2019 年 2 月 5 日

爱情故事之四：元宵·灯

镜中的风吹过

看你在窗前游走

去年的灯火亮如白昼

你登上松木梯子

衣袂飘动

镜中的灯光闪烁

美丽如初

比即将到来的春天

更为动人

年岁流动

镜中你常坐的椅子

空无一人

我常常一个人游泳

做梦

庸常的生活

常常被一根手指戳破

雪还是无奈地飘落

拗不过这人间情事

但很快融化

告诉你

平凡的生活

如期归来

2019 年 2 月 15 日

爱情故事之五：元宵·离别

手拂过你的眼睫

飘动如初

这只手充满纹路

我们曾一起编织星辰

抚摸尘土

走进屋中

油灯闪烁

你径直走向墙的另一面

一言不发

冰凉如月光

你为什么不问候一下

我和你本是一人

我们曾经一起去感受其他的

那么多

比如粗糙和冷漠的手掌

比如铁锅，灶火，砧板

比如窗棂，今夜的星光

以及烟花

瞬间远行

不见归来

没有归期

往往如此

一年的黑夜

沉入杯中

你的背影投入

我的掌心

今夜的雪

纷纷扬扬

2019 年 2 月 15 日

归　来

我身边的人们
菊花般升腾，飞翔并且坠落

你径直游向水的那一岸
不知是否如期归来
你走过以后
树叶开始纷纷落下
黄叶满地

我们不开口说活
我们把影子铺满树林
你在水的那一岸眺望
没有如期归来

但黑夜如期而至
黑雨滴一样的鸟群飞过
我们手握着手
眼睛望着眼睛

心跳动着心

血液连接着血液

冬天的水面闪动

黄昏之光

我们望向水的那一岸

菊花般升腾的人们

再也没有归来

江南烟雨没有归来

桃花没有归来

三月没有归来

鸟群和你没有归来

2019 年 2 月 15 日

爱情故事之六：十字路口

十字路口

你我穿过彼此

继续前行

或者默默停留一会儿

相互凝望

点一点头

眼神不断飞翔

和降落

故事早已展开

或者结束

这人世间

早已落叶纷飞

亲近水波的我

拥抱山峦

飞鸟相互靠近

拍打翅膀

三月不远

故乡遥远

春天不远

爱情遥远

2019 年 2 月 16 日

驿 站

一颗星升起
又一颗星从内部升起
缓缓照耀
大地连绵不断
人群弥漫
在默默种植，收获
吃和繁衍

春天照耀春天
春天遥远
天堂马匹奔腾而来
路过人们梨花般的
微笑

那最初的和最后的微笑

老人们菊花一样的面容
绽放

岁月嵌入其中
不能自拔

人群在某个时刻
停下来
望向远处
远方深不可测
过去遥不可及

麦香弥漫
粮食已被收获
谷仓沉重

还是有人远行

遥远的路程经过这里
天堂马匹经过这里
这里是唯一的
最后的驿站

2019 年 2 月 17 日

五　月

穿过春光四溢的田野

是你的五月

你怀抱五月

经过这里

一言不发

秘密远行

没有口哨和鸟鸣

没有风肆意地吹

但四月桃花朵朵

你躲也躲不开

你在哪里歇息

哪里就有眼睛守望着

有六月之水

风吹麦浪

　北方就是你最后的眼睛

意味深长

直达远方

白云流转

从天空投下凌乱的阴影

2019 年 2 月 17 日

致海子（之二）

三十年了

又一个深夜

苦孩子早已提灯还家

泪流满面

房屋空荡

灯火明灭

更深的夜

在春天

门前的苹果树

幸福绽放

更早的早晨

在海上

渔夫的小船

拖着大鱼的骨架

返回空无一人的

海港

三十年了

春天又一次返回

一如既往的温暖美丽

一如既往的忧伤

海子

你把自己种在春天

每年发芽

每年开花

哦

春子之夜

怀念如水

海子

让我们一起提灯还家

2019 年 3 月 27 日晚，修改于 3 月 28 日

爱情故事之七：梦

早晨

我忙着赶路到梦里去

梦还没有做完

而早晨来得有点早

还有

一个人

在梦里

等待着我

昨夜的皱纹

瞬间开满脸庞

我从夜晚赶来

春天从夜晚升起

昨天的星辰

闪耀杯中

橘

子

我为你放弃

某个梦

在一个少女般的清晨

我准时醒来

阳光如你未出世之前一样

洁白无瑕

其实，放弃一个梦

多么困难

有一个人

在梦中等待着我

2019 年 4 月 9 日

春天·无题之二

山脚是恼人的羊蹄
山腰是风
山顶是白云之吻

我把一顶帽子寄给你
也寄给风
阳光用手掌
覆盖大地
帽子用影子
覆盖我

阳光有时也会
温柔地吻过来

朵朵的光飞奔而过

手翻转过来
遮住另一只脸庞

万花落尽

叶子开始席卷而来

2019 年 4 月 12 日

春天·无题之三

长鞭飞扬
你逃向哪里

人们齐集河畔歌唱生活
只有我一人独坐山岗

春天的树下
晚霞常驻
久未露面的人
突然出现

你转过山岗
河流戛然而止

牧人驱赶羊群
走向草原尽头

长街幽暗

无人奔跑

2019 年 4 月 12 日

一个人的漂流

题记：日光流泻
岁月轰鸣

之一

从黑夜降落的光
和你
光和我是沉重的两端

春日轻盈
你身披旧日之光
和黑暗的眼神

水，水
再次焦渴
渴望饮水如牛
如你

缠绵如昨日

深夜有人骑鲸而来

之二

春日之光就是盔甲

昨日缠绵

柔软如刺

你断刀如水

一截一截

夜晚遥望江南如枯木

江水如夜

草如歌

沉默的歌者

唯你抚摸我如

抚摸流水

岁月，再次沉重

之三

李白在游荡
向着月亮飞升

江南如木
我也在飞升

火车缓缓驶过
江南啊

我如一个红色的小站
只有你一个人经过

小站灯火阑珊
梦已经流淌了很久

之四

行至水穷处
坐看云起时

重型卡车不断穿梭

城市的阴影越拉越长

长及故乡

长及远方

远行的人们

你们到底去向何方

李白不言

王维默默坐在

一片荷叶上

之五

这是暮春时节

春天尽了

春天真的尽了

五月已经到来

草莓和樱桃已经到来

春天已尽

一滴不剩

逝

1

水花飞溅
打湿和揉碎了一些光
光缓慢游移
遥远的切近的
一同涌来

事物的中心
倾斜
一切倾泻而来

水花再次飞溅
事物不断沉沦

2

这是你停留的

第十个月

恰好

铺满两只手掌

你把水

轻拥入怀

把春天

推开一些

3

倾倒

让我们倾倒吧

时间

从所有的网里

漏下

眼泪

漏下

阳光

漏下

4
越来越快
不可阻挡
如决堤之水

早晨
片刻的宁静
是风暴之眼

2019 年 5 月 28 日

橘
子

醒　来

1

我从梦里
跳下
早晨在平静中
掀起巨浪

2

六月
已被收获
在麦田之上
云朵之下
众鸟低飞

3

美丽的事物

再次聚集

六月

很多梦升起

很多梦坠落

4

鸟的鸣叫

击破这个世界

让我们猝然醒来

时间雪片般飘零

呵

六月之雪

5

种子再次醒来

在收获之后

被重新种下

2019 年 6 月 22 日

橘
子

片　段

无限延长中的
某个片段
掉下

乡村悠然行进
白昼缓缓完结

潮水冲刷着堤岸
阴影中
梅花鹿休憩
阳光收敛光芒

哦，闪耀的河流
白色杨树之下
六月之水
再次聚集

这是乡村

某个午后
片段的时光
闪烁

2019 年 6 月 25 日

橘

子

沉　默

七月

颤抖着

缓缓站立

在永恒的喧嚣中

啪的一声

沉默滚了一地

这是我们喂养的孩子

七月的孩子

沉默

即将远行

七月

最后的面孔

缓缓涌现

沉默

是清醒的花朵

在人群的喧嚣中
沉默
瞬间炸裂

2019 年 7 月 10 日

橘
子

六　月

六月低垂，七月纷飞
怎样的大雪把我埋葬
手伸进雨中
雨滴飞翔

这是六月的雪
六月的雨
我骑雨飞行
内心悬起大雪

大雪纷纷降落
终于把我埋葬
但雨滴仍在飞行

箭一样飞行
在夜色之中
一头扎进过去的大雪

2019 年 7 月 15 日

夏天的故事

夏天的背影

贮满鸟鸣

贮满雨　你

开花并且升腾

如桌子上升起

圆月般的脸庞

落花和流水

轮流经过你寂静的耳畔

你便用耳朵张望着

那一片阴影

在钟声走过以后

开始暗淡，斑驳

飘零

哦

如雪飞扬

夏天的背影

洞穿你我的身体

而鸟
寂寞地转身
欢唱，鸣叫
箭一样飞走

2019 年 7 月 24 日

镜　子

历史的天空悬满镜子
你高耸的乳房如月光之眼
天空布满等候的耳朵
有一张脸庞在野蛮生长

皇帝忧伤地走下王座
庭院中蚂蚁蜂拥而至
皇帝的眼中噙满泪水
突然间镜子充满裂纹

姑娘孤独地走进镜子
高举绳索和明亮的斧头
你不禁再次望向远方之远
你突然走不出这近中之近

猝然的降临如风中之灯
秋天你披上一层衣裳
未临的一切静默守候
到达的一切隐入镜中

2019 年 9 月 6 日

狂欢之宴

沿次第之水
缓缓抵达十一月

一张脸滑过年代的手掌
融化，流淌，升腾

蒲公英带着
一颗滞留的种子飞行

此刻
人群滚向东方
人群滚向西方
人群滚向南方
人群滚向北方

你嘴角热烈的晨
光雾和一片落叶
薄如蝉翼

2019 年 10 月 19 日，修改于 2020 年 12 月 8 日

秋日怀想之一

一张脸庞就是一片落叶
天空自有惨白的云朵
你手指轻抚
我应声而来

钟声轰鸣
人间自有次第
从高山之巅直抵一颗
苹果的内心

我们小心翼翼
每天早晨穿上鞋子行走
凝视灯火
并从火中取栗

鞋子与鞋子
并肩飞行

并彼此作战

脸庞与脸庞
彼此靠近
并同时滑落

2019 年 10 月 26 日

秋日怀想之二

流水渐渐静止下来
在北方
一切的到来平静如水
波澜不惊

十指紧扣
我们缓缓靠近城市的
灯火
听市井之声
并眺望星辰

事物慢慢沉落
今夜无眠
等待明日
如期而至的飞升

箭镞穿行
天空是另一场阴谋

我看见

扭曲的脸庞

和未来之影

2019 年 10 月 26 日

途 中

纹路在开始处

碎裂

布满手掌

用于击穿闪电和命运

你瞬间沉落之眼神

翻滚

直到某一时刻

眼神碎裂为群星

一声喟叹来自

微小的沉默

2019 年 10 月 27 日

橘
子

瞬　间

镜中的反光！

你在梦里和自己相撞！

降落伞般打开的云朵

忽然坠落

人群中升起巨大的悲歌

火车准时抵达

钟表应声而眠

沙发上空浮现

小孩子们的微笑

你走过第二个十字路口

清晨

红绿灯交替闪烁

你身体里的闪电

突然醒了！

2019 年 11 月 7 日

清　晨

电车和落叶一起驶过

风在树下驶过

云驶过

阳光每天更新一次

小孩子们的身影

从地上驶过

2019 年 11 月 11 日

冬日印象

太阳
铁饼一样砸下来

沉默的午后
像一把铁锤
等待敲击

水滴和瞬间
次第升起
烤红薯的气息
和冬天接壤

老人们的皱纹
踩在雪花的拱顶上

某个遥远的笑容
遥遥招手

夕阳是一个垂死者
用力踢开最后一片
云朵

2019 年 11 月 13 日

橘
子

历　史

我只是一个倒映者呀
倒映者
月亮是一块
宋朝遗落的烧饼

蜡烛
一寸一寸
啃食黑暗

粮食
被烧灼
野草
被碾压

阳光蝗虫一样
飞过
1942 年的荒原

2019 年

幸存者走入地铁车厢

细腰

美丽的臀

滑腻的肤

水倒映着水

某年的蝗虫

蜂拥而来

哦，下午的时光

多么安逸

太阳马赛克一样

贴满整个世界

枯叶贴满树木

云朵贴满冬天

幸存者醒来

突然

所有的倒影

齐声歌唱

橘
子

2019 年 12 月 9 日

第四辑 | 2018 年及以前

灯　光

清晨，昏黄的灯光
一路从童年照耀而来

这个冬天充满怀念
我无法释怀
关于记忆，童年，故乡，雪
一路昏黄的灯光
照耀而来

生命踏在雪上
和冬天紧紧握手
零落的飞鸟穿越天空
谁听到我的呼喊？
这个冬天紧紧握着
不敢松开

谁会听到大地发芽的声音？
这个冬天最为漫长

充满温暖

他从我的童年生长出来

洒满雪

洒满一路昏黄美丽的灯火

2016 年 12 月

橘

子

春天的早晨

昨夜，冬天最后的一粒雪飘落窗台

你从大地掠过

最后的背影，通向哪里

我在这一刻的清晨

端坐如木

春天，从我的手心

踏上另外的旅程

你从遥远的远方

风尘仆仆

来到无限寂寞的春天

诗歌和花朵是你我唯一的歌声

静静陪伴，默默前行

这个春天在我的手心

温暖地流动

我珍藏了很多年

这一粒冬天的雪，像珍藏一朵花
一直到这个清晨
陪伴我默默地和这个春天相遇

爱人！你可曾听到
那一种回响？来自我们共同的远方？
我们共同遗忘的远方！

我只剩下，这个季节
温暖而忧伤

2017 年 3 月 14 日

雨

大地的泪水
和黑夜一起流淌

在这个明媚的初夏
是什么一瞬间把我击中

最深的夜晚
珍藏着春天最深的忧伤

在这个静静早晨
我一觉醒来
所有的雨水涌出心房
所有的河流开始流淌
所有的眼泪开出花朵
所有的爱情不再流浪

2017 年 6 月 5 日

旅　行

旅行，只是一次对远方的握手

你我的手臂很长，脚步匆匆

比这个夏天还要匆忙

越过即将收割的麦田

去握住遥远的一颗心，一双翅膀

所有的山脉开始生长

所有的河流开始幸福地流浪

你在哪一条河流？

哪一艘船上？

夏日丰盛，这是喜悦的山川和河流

我们陶醉于远方的幸福

并且和她紧紧拥抱

2017 年 6 月 5 日

致青海湖

青海湖，在我今次的生命里
初次的遇见
你是一面悬挂于天空的镜子
群山闪耀，云朵次第开放，雨水
滚滚而下

我默默穿行，你无限遥远
遥远得像一颗心
时间的眼泪，悬挂在这高原之上
群山之间

只有我知道，你是时间的眼泪
苦涩的，时间的眼泪

2017 年 7 月 25 日

德令哈的第一夜：致海子

今天，我终于来到了德令哈
高原之上的德令哈
海子的德令哈

德令哈，已经不是雨水中那座荒凉的城
而是一个雨水之中
星空之下，像植物一样丰盛的小城

三十年，时间的墙
我伸出一颗心
一直不敢触摸你的忧伤
海子，你依旧柔软的忧伤
今夜，我们相逢于德令哈

今夜，我们不关心人类
我们只关心明天的粮食和蔬菜
今夜，让我们遗忘掉那些绝望的爱情
从明天起，做一个幸福的人

海子，我一遍又一遍

走进你的诗歌

想握住一颗柔软的心

可你一直在孤独的道路上

奔跑，歌唱，舞蹈和燃烧

像云朵在夕阳里化为灰烬

你住在你一个人的中心

孤独的，绝望的中心

人类的中心

诗歌的中心

火焰的中心

以及遗忘的中心

今夜，星光和雨水一起坠落

世界的边缘

德令哈，我们一起来这里寻找

关于星光，关于雨水

关于一个诗人

遗落的幸福与哀伤

2017 年 7 月 25 日

致一次旅行

常常回想起一次旅行
暮色涌起
最后的晚霞遗落天际
月光如雪凝照千年

常常回想那一次旅行
生命里唯一的，灿烂的旅行
秋天遗忘了许多果实
鸟儿飞过天空了无痕迹
人们穿越大地留下道路
我们把自己遗落在某个秋天
秋虫呢喃，草木繁盛
最后的盛宴即将结束
遥远的无限的秋天，日出日落！

橘
子

秋天的眼睛挂在树上
无数的灯盏挂在树上

我紧紧握住

秋天啊

2017 年 11 月 7 日

高　原

高原，神秘而荒凉
白色的羊群如静默的群山
高原引领着我们
向着荒凉和遥远奔跑

高原，我牵不住你的一只衣袖
我两手空空，一片茫然
我只是伸手触摸了天空和云朵
你奔跑千年，日月荒凉

在这个秋天我怀念高原
晚霞和星光照耀而来
在这个贫瘠的秋天

2017 年 10 月 26 日

怀念德令哈

德令哈，荒凉中长出的一座城

让荒凉更加荒凉

我们在这荒芜的群山之间

群山赤裸的奔跑

草木稀疏

天空寂静而辽远

寂静

我们支起耳朵

倾听寂静

永恒的寂静

这就是高原的回答

在天空之下

大地之上

无限辽阔

你只倾听到自己

心脏在跳

石头在跳

血液的河流寂寞地流动
你只倾听到自己
寂寞而无声
在另一个黑暗的世界
热烈流淌

突然，一只土拨鼠钻了出来
看了看天空又迅速钻了进去

怀念德令哈周围的群山
犹如怀念德令哈美丽的星空
石头和河流是德令哈的姐妹
海子和我就是她的兄弟

2017 年 11 月 30 日

橘
子

致芳华

——电影《芳华》观后

青春掉进哪一只鞋子里

旋转　飞翔　鸣叫

年代的陈旧道路呼啸而至

呼啸而过

青春在哪一只鞋子里

沉默　滴血　流逝

一只蚂蚁或者一只小鸟

在人群巨大的背影里

爬行或者飞翔

早晨和夜晚

摁住幕布的两端

两只白鸽子飞向天空

相互倾听苦难走向死亡

没有做梦的时间了

没有做梦的时间了

在人群中

你飞翔或者静止

没有谁知道

你燃烧还是沉默

没有谁知道

你活着还是死去

没有谁知道

你善良还是卑鄙

只有我知道

卑微的泥土中开出

绚烂的花朵

啊，死亡多么绚烂

这绚烂只是一瞬即逝

了无痕迹

在墓碑的巨大阴影里

是永恒的寂静

一只蚂蚁依旧在悄无声息地爬行

2017 年 12 月 27 日

橘
子

星 空

仰望星空的人
你去向何方？
又一颗星辰坠落大地
你可曾望见

无数的羊群滚过天空
滚过春天的雷
春天的雨水
滚过无边的麦田

这只是春天的一颗星
坠落在我们的麦田里
忙碌的人们抬头看了看
继续低头忙碌

我们的城市也在忙碌着
在大地建造她的繁华
生产粮食，蔬菜

生产饥饿，战争

生产苦难和悲伤

星空依旧孤独地闪耀

永远孤独闪耀在我们的头顶

人们繁盛了

人们又衰落了

大地上缺少仰望星空的人

大地上总有仰望星空的人

我只知道

人们站立起来

就是为了仰望

我们眼含热泪

我不知道我们在寻找什么

我们只是在寻找

遥远的星空用沉默来回答

2018 年 3 月 15 日

橘

子

相　遇

沐浴在这春光里
春天清洗我的骨头
我的血液
我把自己交给春天
一丝不挂的交给春天

我从童年的光影里来
我从远方来
我和我自己相遇在这个春天
你和你相遇在何方？

我们没有相遇
尽管春天无限美好
但因此她也无限伤感
所有美丽的事物都在这里聚集
我们仍然没有相遇

所有的花都盛开了

风轻灵的舞蹈

盛开之后就是凋零

春天总会到达尽头

我们没有相遇

白天里花瓣儿坠落

夜晚里星子坠落

清晨里风儿坠落

所有美好的事物相遇

并坠落在这个春天

我们仍然没有相遇

2018 年 3 月 25 日

橘

子

金色池塘的下午

庭院中的金色池塘

树木的阴影里

我听到

逝去的下午

降落的歌声

这是生命里平凡的一个下午

暮春时节

我的生命飞翔又坠落

我看到春天

真实地落下

我们飞翔在自己的阴影里

不停地和自己遇见

一时你向自己嚎叫

一时你向自己沉默

一切都在运行中

一切都在消逝中

你飞不出自己的影子

在一个梦中沉睡
注定从另一个梦中醒来
我们伸出双手
触摸到的只有我们自己

这是一个平凡的下午
生命中的一切飞翔而来
又飞翔而去
树木，花朵以及春天
我仿佛看到送葬的人群
生存和死亡
生命中的一切
总是平凡而有力
稳定而准确地降临

2018 年 4 月 27 日

橘
子

五月之歌

听！五月的歌声

多么明媚

阳光匝地

露珠吐露芬芳

五月如此动人

在五月

你舒展和打开吧

你把过去折叠的一切铺展开吧

五月

你像春天遗失的花朵

进行最后的绽放

五月，让过去没有来得及打开的

统统打开

让没有放飞的鸟群

飞向天空

让一切美丽的

来不及绽放的微笑

在这个早晨

尽情绽放

五月

请吐露芬芳

阳光带来一切过去的

美丽事物

带来

枯萎的和新鲜的爱情

以及她们的秘密花园

五月

苍翠欲滴

让我想起童年的某个早晨

那一片阳光

飘忽过原野

年轻美丽的母亲

走在乡村的小路上

橘   五月
子
        布谷鸟和荒芜的麦田

一个诗人

站在早晨和阳光之间

站在过去和未来之间

2018 年 5 月 13 日

七月的某一刻

七月扇动翅膀

黑夜来临

我们来不及躲避

来不及赶上光影的变幻

美丽的一刻总是停留在别处

我们望上一眼

她已不知所踪

时间沉淀了一切

时间眺望一切

七月

走过沉默的六月

走过沉默的我们

美丽的翅膀之下

黑夜来临

2018 年 7 月 11 日

写给七月和我的宝贝

七月

我再一次眺望远方

太阳热烈，云朵温柔

晒黑了的少年茁壮成长

河流和阳光下的山岗

正午闪着忧愁之光

少年长大了

眼睛变得羞怯而闪躲

丢掉了一些

又重新装满了一些

七月

为了少年重新开始

开始长大，晒黑而且变得狂野

一个季节

如竹林

在我看不见的远方

噼里啪啦地生长

你是七月的孩子
你是七月的情人
七月，不断地生长
狂野而且羞涩

我的眼睛也在生长
追随着你和你的远方

2018 年 7 月 12 日

橘
子

赤裸行走的鱼

风向八面吹
过去的云朵
未来的云朵
聚集

云朵聚集
开始飘流
像一条鱼
降落在你的鱼筐里
背着走吧

鱼在行走
无腿无脚
赤裸而行

鱼啊
游遍万千岁月
抵达如今的红尘

雨从何处而来
打湿了鱼的脊背
一条鱼
披雨而行

风在过去吹
风在远方吹
鱼扇动翅膀
风在风中吹

2018 年 9 月 19 日

橘
子

因我们自身的不完满是那么热烈
——子非花抒情的纠结
◎刘阶耳

　　夏汉先生提醒我注意子非花与张枣、海子"抒情"
间的纠结。我意识到了其中涉及的"问题"意向的严肃。
因为成就张枣、海子的"新诗潮"的诗学谱系，无论如
何都绕不过当代抒情任重道远的"言志"面向。所以，
我从子非花的"橙子""街景"那里所读取的"那忧伤
的闪电"，仿佛

　　　　一朵玫瑰的重量
　　　　落到发烫的手掌

　　　　　　　　　　　　　　　　（张枣《雨》）

　　又犹如我与子非花苦心觅取的那"幸存之书和唯一
之诗"相邂逅，我则不禁缅怀

……做远方的忠诚的儿子

　　和物质的短暂的情人

　　"所有的以梦为马的诗人"（海子《祖国或以梦为马》），为不仅仅属于子非花抒情"唯一的秘密入口"而黯然伤神，毕竟张枣、海子坦然的抒情坚守，筚路蓝缕，受益于当年（80年代）"新诗潮"多元异质话语大集结、大鼓荡。子非花从先行者那儿获得的抒情鼓舞，如果说是"独标清韵"，其"忧愁拂郁之思"（见《拜经楼诗话》）则不止是天真、放肆的表白来得那般激切。"襟期可指中天月，事业真如出岫云"，子非花精心呵护的抒情究竟如何另眼相待，自然也需要相应耐心的倾听，及认真的回应了。

　　　　　　　　　　一

　　《树屋——写给我挚爱的孩子》事牵亲情，意兴温馨；纪行述闻，机杼别裁，尤其值得关注。一家人（"我们"）显然一大早就小径出没，荒野漫行。借此出游的经历，诗抓住其间歇息、休憩的"日常化"片段，将儿子用松树枝搭建林中小屋所带来的欢快气氛，持续呵护，不断推进，以期委婉地表白身为家长的"我们"为"儿子"的成长所怀持的满腔舐犊深情。"知否兴风狂啸者，回眸时看小於菟。"（鲁迅语）它"与幼小者"的爱，的确令人感动。

该次出游，行次井然。"时间"起始点，与"空间"接应的环节，见于指称，惟先后比对过，方才有大体明确的判定。"初夏泛起微光"，承"拐进小路"一句而来，为诗的开端；行将收尾，又是类似的照应：

> 嗅着下山的路
> 　植物葱茏如正午的忧郁

从"空间"接应的环节看，很显然，此"路"非彼"路"；因为来与去无非是"小径漫行"，原"路"返还则只能说是大概率的事件了。一"拐"一"嗅"，"行行重行行"的感情进路自然曲曲折折了。

返回的时间"节点"适值"中午"，自不待言，但它（"中午"）偏偏著上了"忧郁"的主观色彩，又明显不如来时——"初夏泛起微光"指称得那么含蓄了。融融亲情所欲感染的气氛，或许侧显了"乐景哀情"多少难于直言的眷眷意兴：

> 孩子，你的手握着我的手
> 　就像植物握着这个夏天

毕竟"这个夏天"全称指称，与"初夏泛起微光"特指的"初夏"相去甚远；它接近于诗中另两处关于"时间性"表白所纠结的意向逻辑。

夏之后总归是秋。由"秋"观"夏"，孩子快乐地声称"哦，爸爸，秋天，我们还要来看看这个树屋"，是否该另行对待呢?

毕竟亲历的"时间"迥异于回顾／畅想即被思考或被使用的"时间"，纵使它们嵌套在一起，它们之于"时间现象学"的话语祛魅，也都具备着加斯东·巴斯拉意义上的"绵延的辩证法"。具体而言，正由于孩子这个烂漫、天真的愿景，是出自"我躺下""你躺下"的"此刻"从而欢呼雀跃，所谓的"秋天"莫非正是对"这是我们的时刻"的深情回应。关于"时间性"的畅想，一如"去时间化"的逆势反弹，把亲历的"当下"予以了完美的诗意升腾，不复再是"闲暇"时光的消磨——

> 是的，未来是一颗微小的松针
>
> 正躺在一缕光影里
>
> 风，像粉末一样幸福的
>
> 向我们吹着

所谓的"未来"不正是基于"我们"／"此刻"亲情分享的快慰的幻化胜景吗? 哪怕它"微小"，"像粉末"，它也会被"握着"！

所以"泛起微光"的"初夏"，如果看作是"这个夏天"被畅想的伊始、开端、当下，它也正是正被亲历的"时间"——落实到"出游"的具体语境而论，它还要因"泛起微光"更具体的知觉辨认，该次出游"始发"的当下"节点"（一大早）才能得出适切的读取。假如这始发的当下节点先行明确地被明示，那么该次出游岂不是与普通的节日休闲行为相等同了吗？

所以，诗有意奔着歇息、休憩的"日常化"片段而去，毋宁令"时间"可持取的不同面向得以整饬，区分了"被拒绝的时间和被使用的时间，即一方面是尘埃分散的无规则时刻构成的无效时间，另一方面是统一的、有组织的和被固结的时间"。而"思考时间就等于给生命以框架，而不是从生命中得到一种因为经历过而理解得更透彻的特别明显的东西"（见加斯东·巴斯拉《绵延的辩证法》），继"初夏"而后似做"重言判断"的"这个夏天"，其实正是承那个"未来"而来，为孩子成长的愿景，为父母成长的瞩望赋予了"葱茏"的神会。

或"躺"或"吹"，适此"正午"；"其乐也融融"，"其乐也泄泄"，喃喃自语，气氛欢快；可极个人化的感情私密藏藏掖掖，初夏亲情鼓荡的一次非同寻常的出游，俨然被克制，"非个人化"的表白明显豪横，若是出乎意料，那也竟似"君子豹变，其文蔚也"。诗人子非花从其严正的感兴中持反常的神会遣散方式，足见其对待抒情的"诗学"立场的一般来。诚如"拐向小路"，习惯成自然，"嗅着下山"，却是对定力的考量，诗人如何遏制、平息亲情鼓荡的不尽的愁潮，举其大端而论，——如前所述，毋宁令"时间去时间化"提供了可资接近的路径，"犹如水果攥着一束臆想的光芒"（《玫瑰园的狂想之一》），"飞鸟的臆想中泛起 / 温柔的惊诧"（《秋天的戏剧之二——致Ｓ），"——这黄金的照耀是持续的钟 / 在尚未抵达的地方走动"（《地下铁——所有的消逝都和我们有关》），"而故乡也正在他处漂泊"（《又见璞澜》），具体到实施的步骤，可大致看出以下多个环节：

总之，出游花费、消耗的"时间"总量，明显地受到了挤压、无视、"被拒绝"。所以，由搭建"树屋"到分享孩子的劳动成果这个具体的"时间"如果说得到了集中的勾勒，也不过是自欢快的"气氛"得以氤氲，接邻出游先行明示的配享"时间"装置，进而再迫使"闲暇"亲历时溢出的亲情共享的状态得以绽出，"时间"反而要被思考，分化出异样的施事可能，"时间去时间化"的初始化于是大致见其成效。

很显然，选取"闲暇"的空档，亲情团聚，虽然意味着凡俗庸常的劳碌暂时被弃置，但毕竟取自个体可支配的"时间"余裕，仿佛福利待遇，倘若为是自得满满，其心智则不敢苟同了。初始化的"时间去时间化"，不消说既是对共享的权益的潇洒读取，又取之于个体心智合理的占拥，从"诗与远方"的日常意识形态里支取快慰，不失为和谐、静好的精神自由愿景。《树屋——写给我挚爱的孩子》不断地推进那份欢快的气氛，恰是借此而感兴充沛,可限于是类"气氛"的感染,诗所神会的表白"胜景"将会多么的不堪、琐碎、平面化了。

很显然，"你搭起树屋"，童心烂漫，为的是"握住风中的鸟鸣"，筑巢引凤，结果未必尽然；"此刻，慵懒的小蚂蚁被揽入怀中"。假如忽略了这层感兴促动的暗涌，"嗅着下山"时，"握"的仪式感再度被突出之际，那欢快洋溢的"气氛"何以郑重其事地推向所谓的"忧郁"反向承接的顶点，的确难以理喻了。"时间去时间化"初始化后的功效，毋宁还有待发挥。

前引的"此刻"那句，居于诗的中间，或许"如正午的忧郁"那样，不惟穿凿着孩子成长的愿景，以及家长成长的瞩望得以"戏剧性"呈显背后的虚妄，仿佛意犹未尽，还正为又一个层级的光影一般的被思考的"时间"隐喻性意向提升着其诚挚的意兴，或寄托，"在流变的谐振中寻找存在的综合，……让受精神自由之天籁影响而悄然产生波动的整个生命充满活力"（同前）。为此反过来看，所谓的"正午的忧郁"，难道不正是那"葱茏"的愿景或瞩望结郁着更丰饶的升华与启示吗？

……这世界向着幻影打开

……

隐秘之物被不断抽打！

（《一个片刻》）

一个"遗失的图景"于是咿咿呀呀；初夏亲情鼓荡的一次非同寻常的出游，犹似那"芬芳的碎片"（《杭城记：碎片》）"不断抛掷出思想者的絮语"（《消隐者之歌》）：

那忧郁的闪电，来不及告诉我的

我也来不及告诉你

（《哀歌》）

的确！"君子豹变，其文蔚也。"

二

然而，用"非个人化"的手段经营抒情，其实是桩吃力不讨好的事情。海子晚期转向"史诗"巨制写作，张枣倾心"语言"复古、花古，自其抒情坚守一面看，个人化的"言志"路径暗中却要由式样、质地不一的"载道"幻相作引擎，故（本）土情忆又每每趑向"青春期"郁结的沧浪之水，涉及"自我"分化的"情分"与"本分"，究竟缠绻于日常意识形态，还是决绝于宏大叙事，殊难判断，以致属于诗的"立言"担当，总有"代言"托大之嫌。不过作为20世纪80年代"新诗潮"中坚，他们为青春、理想而奔放、殉道的意志使之不失抒情的清流却是毋庸置疑的。

而作为新诗"非个人化"写作先驱的卞之琳，乃至废名，倾心市井廛声，流连飞机、邮筒、胰子沫，回顾传统器物，意兴勃郁，为现代性初兴的神会，打通中、西观念留下了贴心的实验与智慧，预示着未来可期。在民族危亡之际，先驱者标举"中国智慧"明面上礼敬庄禅，骨子里讲究担当，以"有涯"之思而事攻于"无涯"，其荦荦大端，迥异于存在相对性绝对的把控。嗣后他们怡然"写实"的转向，在是其抒情通达的应然。"非个人化"写作之于新诗自赎式的抒情推进，洵非遥远；子非花甘于寂寞地看准了这项伟业，"铺张而不虚伪，华美而有法度"（杜衡《〈望舒草〉序》）。舍我其谁劲头十足，欲在青春、理想内敛的廓然不息的抒情谱系上加剧存在相对性的祛魅，波澜层叠，变幻纵横，"而极论不可明言之理，与不可明言之情与事"（见叶燮《原诗》"跋"），又何尝不是自具胸襟，侃然赴任？

和《树屋》一样，两节八句的《街景》：

你把手举起，仿佛攥着一个意义

手松开，一个不确定的答案飘落下来
问题像是蚂蚁，在很多空隙钻来钻去
我保持着一轮缄默

事件闪动忽明忽暗的眼睛
一个卖红薯的老人牵着一个往日
一个少女迎面走来，人群升起奇异的背景
一朵花开在幕布中央

也似子非花抒情偏至的特例，它把凡俗日常呈显的总体化景观（街景）纳入沉思的范围，一如亲情伦理在前述的《树屋》中所曾鼓荡的那样。人的感情世界组成的"外部"与"内部"无疑为此得到了大体的染指、确定。

在亨利·列斐伏尔看来，普通的"街道"——

它把隐藏的东西从晦暗中扯出……它公开了别处秘密地发生的事情，并让它变样把它嵌入社会的文本。（《日常生活批判》）

所以对于《街景》而言，"我"保持缄默。甚或"眼睛"忽明忽暗，如果可被看作是沉思锁定的短促的"瞬息"，那么，它尽其所能遣散的感兴，其实是循着"空间性"可神会的线路留下了其诗意潜伏、放飞多元化踪迹的。当老人、少女与花三幅"图绘"终于拼接到一起，诗灵活组织的隐晦进程将该如何认体会呢？

老人、少女与花三幅"图绘"相异的气韵播撒，或适当地部署，不止引起异议吧！缕析如下：

首先，少女和花当一同讨论。

"人群升起奇异的背景"，与其下句陈述，似扣上节那句"一个不确定的答案飘落下来"而来，但就意指的对象、内涵而论，这两句给出的"答案"近似，所谓"一朵花开在幕布中央"，无非是"人群"基于迎面而来的"女孩"所产生的"奇异"的印象片段。

瞬息幻觉的释放被延展开来，但减少了对实际发生的诸多"环节"如实的交代，意味着那被压缩、省缺的"实际"语境其实纠结多多，关联着诗意欲遣散的感兴艰于言述的本源，揆诸前述那"遗失的图景"所暗示的意向而言，其实标举着相一致的神会意指。

但是，把"少女"比喻成"花"不是太俗套了吗？

老人与少女连贯而出，假如排除了连类引譬的习惯在作祟，其静水流深的机动处置当作何解？所以下一个问题就和"——老人牵着——落日"相应"图绘"呈显的方式有关了。

显而易见，作为纯然的物（即从海德格尔的意义上讲），"落日"是唯一的；若要接受"一个"数量上的修饰，被"牵"的受动者（落日）则非具象的实指。红薯烤熟了的"模样"，与落日大致形似，或许才是"牵"妙笔生花之所在。可"牵"又有实指的动作（牵扯），及衍生的心理描述（牵挂）多重义项，其蕴含的丰富可能带动迥异的感兴辐射，或似"哀哀父母，生我劬劳"那般对该老人的怜惜，或似"大漠孤烟直，长河落日圆"那般超逾劳作艰辛而致以雄浑的敬意。类似的形象若作白居易"满面尘灰烟火色，两鬓苍苍十指黑"似的刻镂，神会的气概势必逊色。子非花的这"一个卖红薯的老人"，总之不像白居易诗中的那位"卖炭翁"惟其沿街而过，所以引人侧目，却仿佛罗立中油画里的那位"父亲"，应是迎面而立，从而惹人瞩目的。

一个"牵"字，联动着具象（本义）和抽象（衍生义），又何尝不是卞之琳"我喝了一口街上的朦胧"（《记录》）、"友人带来了雪意和五点钟"（《距离的组织》）那种知性飞扬的神会凝聚？甚至它（"牵"）之于随后：

> 一个少女迎面走来，人群升起奇异的背景
> 一朵花开在幕布中央

少女与花貌似俗套的连类引譬的语义转化，毫不夸张地讲，其实业已先行一步地创制了"隐喻"不断深入链接的引擎，或基点。"生我劬劳"意向的感兴，落入伦理关切，犹如少女"这一个"，正向着"这一个"老

人迎面走来，和"烤"炙热、升腾的热气一般，积郁着老人劳作专注的行止、神情，那是不能就谋生的、可交换的功用价值上来算计的，否则梵高笔下的农夫的那只"鞋"，诚如海德格尔曾指出的那样，又将如何彻响那大地聚集的回声？而"奇异的背景"若是自"人群升起"，当且仅当，莫过于老人所关切的寻常与平凡恍惚再升一个台阶的生活温馨愿景之氤氲再现。惟其来之不易，方似"人间晚晴""长河落日"般苍郁、雄浑，绽"开在幕布中央"。

但是，一"牵"一"迎"，或"升"或"开"，发作时施为的向度概莫能外，分别是水平、垂直的；也就是说，老人、少女与花三幅"图绘"诉诸"空间化"的区隔极敞然。为此反观诗开头两句，有关"手"的意象打造，举起／松开被陈述的行止，和植入"喻体"被形容的攥紧／飘落，虚实接应间也摆脱不了"空间化"水平／垂直相缠绕所形成的螺旋式推进方式，倒也赏心悦目，又难道是事出偶然吗？

"诗人借助诗歌空间发现了一个并不把我们封闭在某种感受中的空间，从而达到更深入的地方。"所以，"诗歌形象在根本上是变动的，而不像概念那样是建构的"。（见加斯东·巴什拉（《空间的诗学》）最后涉及的话题，自然与"空间"诗学脱离不了干系了。

依前所述，老人、少女与花三幅"图绘"所以拼接为一体，依托于知觉幻化排除了各"图绘"呈显的施动者（无论"人"或"物"），若是诉诸日常经验必然或能贯通或因果制约可能相应的辩解由于被孤立地对待，各个施动者（老人、少女和花）借"隐喻"所指迥异的感兴意向自然不致涌进同一化（经验或非经验）的制导层级作总体性的响应。它们会适得其所，安逸于各个分化所神会的定向成像的被聚焦的歧异"角度"。惟其不曾同一，所以也就不致经受聚焦时共享"上帝之眼"的眷顾。所谓水平／垂直的位移不过与其被青睐、受宠的、被聚焦的"角度"发生谐振而已。

但是，三幅"图绘"合而观之，貌似浑然一体，其实又不尽然。毕竟受动的另一方譬如红薯／落日，经由另一方（第三方）"烤"的暗中接济，方使那劳作者——"老人"不致与"卖炭翁"形象相混同进而带动伦理关切的感兴再升华，积健为雄蒸腾于雄浑宛在的缥缈幻相之域。那不断召唤被聚焦的走势恰是流动不居的，由那水平／垂直的"空间化"标度逐渐收缩，分割，再炸裂，"黑洞"一般，涵育着即时即刻那完全抽空的经验符码（"意象"），以期"象外之象"玲珑剔透。

"空间化"拼接的要义，势必将呼之欲出。

借用莫里斯·布朗肖探讨"儒贝尔与空间"关系时所阐述的那样：它不是朝向"深渊中同一的中立状态"，而是——

不愿思想像理智那样受限制，要远高出推理与论证的束缚，从无限出发然后臻于完美。同样，也希望诗的言语渐趋完美、完成时，承托多意义带来的模糊性、双重性及不确定性，以此更好地表现种种意义间相互交叉的部分及意义外更深的意义，这正是诗的言语一直的选向。

或者说，这，犹如找到了"把文学言语变成思想及思想的回声"那类"内在的奇观"，"转向自在和不确定性的保留地"——

可避开理智的逻辑关联中暂时的规则，躲过感觉带来的瞬间冲击："隔着距离用距离传达"即刻；完善又仿佛只能局部地表现无限之广。

所以回到《街景》而言，被"图绘"拼接的老人、少女与花各个片断，它们"隔着距离用距离传达""即刻"，其实正是先于它们首句

事件闪动忽明忽暗的眼睛

而得到了含蓄的意指。"闪动"的瞬间所欲收摄的余裕意指的巧妙应对，或者讲，在此相对锁闭、完整的"语境"内，它们又不亚于所谓的"事件"被隐喻的多项展开式。

进而言之，该"事件"被隐喻不过属于权宜之计；因为再置于更开阔的语境，就其上一节显然又先行总体出动另外一重隐喻联动出击的繁复修辞而言，"事件"实则还构成了因"你"之故，所以

我保持着一轮缄默

所陈述的意指"互文化"的反向确认。
抑或从另一方面讲，"缄默"取向于"你"

把手举起
手松开

而"手"兼具施动／受动的双料角色，你／我互为审视的主体必须予以首肯；诚如是，你／我之于标题的"街景"，是否带来了初始或终极的意指的喧哗？只有把你／我视作是"街景"被隐喻的同谋，其"互文"交涉的意兴来源，未免愈来愈隐晦，"问题像是蚂蚁，在很多空隙钻来钻去"，多贴切的"元语言"的循环与纠缠呀！

你／我与"街景"相纠结所构成的隐喻施压，总之会源源不断，花样翻新的。这，与其使得"街景"愈发具象化、经验化，倒不如从"互文化"交涉的方面，承认它们共享的"专名"所指：或是基于日常意识形态规

训下情感、意志莫名其妙的庸人自扰，或对"无物之阵"式的疑惧，又或是前述所引"内在其妙观"反讽侧显（"缄默"乃为之一解），甚或（老人、少女与花间）势若"与越人语冰"般的荒谬抵制……林林总总，无一不是"事件"的能指嬉戏，"举起""攥着""松开""飘落"，极具戏剧性的张力，随随便便，敷敷衍衍，浃肌沦髓，直逼现世的伦理关切之底线，概莫能外；惟似"遗失的图景"的诗性光辉不曾熄灭。幸或不幸，迥非一言所能倾尽……

三

子非花的诗，无论问世迟早、篇幅长短，多数均携有你／我对视的抒情形制。不过，相应的"对视"与生活化日常交往"场域"的关联度极松散。像《树屋》那样留存"日常"轮廓的尚以出行、远游为甚；揆诸《街景》，细节化的生活"片段"植入，则从修辞调度方面临近，却常见。

"风"与"月"，贯通天地，连接"诗与远方"，频闪于子非花语诗中，堪称子非花控驭神会的代表；是非曲直，不能不引以为是。

"风"是流动的，镌刻着与"时间"冲动相颉颃、折冲的记忆印痕，看作是诗人"本我"不甘驯服的意志延伸，实不为过。

"风，缓缓注满一个轮廓。"开启未知（"如一个恩典"）。可忧郁（"忧郁如正午"）。可芬芳（"玫瑰的香气"/"春天是一列释放芬芳的火车"）。可照彻内心洞悉之水，抑或身体里的闪电（"那忧伤的闪电"）……为"风"敞视，无形可遁。诗人取径于彼，设像立譬，所欲感兴的莫非近乎海子式"亚洲铜，亚洲铜"那般的慨叹：

> 你濡染于一个漫长的甬道
> 一段潮湿之旅程，一颗干燥的心
>
> （《故事之一》）

有形的"月亮"却被另行对待。

它"来自东方的圆润幻觉"（《茶》），似把"月亮"一盈一虚所涵盖的天道、命数、存在的相对性等等宇宙/人生多样化的关联都包含在内；可产生如下的慨叹：

> 哦，月亮，这远方的囚徒
>
> （《秋天的戏剧——致S》）

就似五味杂陈，乱了方寸了。

季节，昼夜，天空，镜子，水果，脸……赢得子非花好感，或许正是因那份"来自东方的圆润幻觉"而形成了"月亮"意象的亚种。如是繁盛、奔放的意象群簇拥到一起，势若"雪满山中高士卧，月明林下美人来"，为将它们唤聚到一起的难以直言的意兴、寄托得以适度的投影。

子非花还喜欢玩味诸如"升起""膨胀""切割"等非具象化的符码，或许奔着"囚徒"行动自由受限制明显的喻意而去，为那更难以直言的"碧海云天夜夜心"意兴、寄托创置着适宜安顿的披入角度、激励间接交换的"隐喻"平台。

大块噫气的无形"风"，除了长驱直入，万窍怒号的动势，还有"一春梦雨常飘瓦，尽日灵风不满旗"般的静势，这令它与有形的"月"借助感官的盛宴而成互补的神会联盟。子非花的抒情形制，不消说大体如是，与张枣醉心的"新古典主义"抒情愿景的联系与区别，也毋宁是昭然若揭。读一读他的《镜子》《椅子逃往冬天》即可清楚。

毕竟张枣也有类似的"同题"架构。

张枣的《镜子》开头就声称："只要想起一生中后悔的事／梅花便落了下来"，结尾这两句又出现，但是却由那"臆想"中的主角心事重重地"望着窗外"所联想到的；"象外之象"，错"时"异"地"，穿越中嵌套了多层的感兴，美人迟暮拟古的"调式"，圆润流转，涵泳的恰似"竹外桃花三两枝"异样萧疏的寄托，因为抒情结构外层的心灵的视窗（"想"），和结构里层"一面镜子永远等候她"怂恿下揽"镜"自鉴行止，虚实交映，未必是同样的一面日常器物（镜子）的反复指示。何况古人持守的镜子是铜质的，现在流通的镜子恰恰为玻璃的，感兴拈取，锻造意象的物性材质与先期相异，体贴入微，才会使得多层级套叠的意乱情迷的当下得到总体化的转喻。但是子非花的《镜子》，怅怅的情蕴依旧，感兴披露、被打开的出口，豁朗，轩昂，犹如哨塔，四面没遮拦，借此被敞视的当下迷惘着的"心灵"、精神自我，完全似争自由的波浪，再腾涌，也止于"天风吹下虚步声"，一味地大气旋转，声喉展览，绝少"绿垂风折笋，红绽雨肥梅"清婉流连的丰华。

> 历史的天空悬满镜子
> 你高耸的乳房如月光之眼
> 天空布满等候的耳朵
> 有一张脸庞在野蛮生长
>
> 皇帝忧伤地走下王座
> 庭院中蚂蚁蜂拥而至
> 皇帝的眼中噙满泪水
> 突然间镜子充满裂纹
>
> 姑娘孤独地走进镜子

高举绳索和明亮的斧头

你不禁再次望向远方之远

你突然走不出这近中之近

猝然的降临如风中之灯

秋天你披上一层衣裳

未临的一切静默守候

到达的一切隐入镜中

　　天上、庭院，背景显豁；皇帝、姑娘，仿佛从月宫里迈出的吴刚、嫦娥，情急忿忿，交互感染着所以行为过激，怨怼清秋（"你"），隐约被改写的"寓言性"的叙事组织架构，植入了"皮影"，或"动漫"般的"图绘"，以期链接那魅影丛集、波动的浩茫心事，全然慨叹的抒情为是成型。但是，一切的一切既然要守候，那隐入的斑斑踪迹又如何殷勤拂拭，心如明镜似的？诗中多幅的叙事性片段（"图绘"）幻真集结，明显缺失了可层化的感情皱褶，所表白的情怀庶几隐隐然拐向了海子习惯慨叹的调式，譬如广为人知的海子的《秋》的结尾：

得到的尚未得到

该丧失的早已丧失

一旦被想起，其相似度则一目了然。

诚如荣格所言，"伫立在高岗上，或站在世界最边缘的人，他眼前是满满一片未来深渊，顶头上是苍穹，脚底下是其历史笼罩着一层原始雾的全体人类"。(《现代灵活的自我拯救》)，或救赎，或沉沦，情势迫然。当坚定的救赎意志自英雄主义的"崇高"美学那里得到淬炼，挟技术、资本之优势的现代性全面推进，毋宁令沉沦的现状完全平庸、世俗化，"崇高"的宏旨与时俱进，令抒情降维抵御、克服、消解势在必行，抒情的"日常意识形态化"重建，事实上恰是"新诗潮"无从抉择的抉择。英年早逝的海子慨然前行，念念不忘"麦地"，誓"与天公试比高"，每每却受挫于个体性的意志强力先天虚弱，张望亲情、爱情，向屈原、梵高靠近，自集团之外更开阔的思想资源汲取能量，"三军未动，粮草先行"，涵育、呵护自我的抒情演练，折损了他的锐气，奉献于诗的理想热忱所以受到连累以致郁郁而终。海子释然情怀的格调不像我们腹诽的那么斑驳，是不失童子之心的那般清亮、清迈、清远。

不曾远游京华的张枣，幸得湖湘、巴蜀诗歌沃土之襄助，继而在"第三代"风起云涌之际负笈海外，"冷眼向洋看世界"，只眼别具，"君子不器"，"第三代"推进"新诗潮"乖张、踔厉趋向极端化时的虚无、颓废的浮躁心态，或戾气，则避犹不及，敬之不敏，洵非妄议。出入中西、澄怀味象的张枣，对公共领域转型的日常世界之网的幽微精细处应对从容，对单极化的文化输入高度警惕，"因而想谋求在汉语的现代性上作一些突破以最后确定这门语言在诗的先锋性上的可能"（转自陈东东《亲爱的张枣》）。他的抒情刮垢磨光，因地制宜，亲临"现实"与"虚构"所逼近的"对话"状态而持续地尝试抒情图为的可能。他的《椅子坐进冬天……》虽非他的名篇，可他苦心孤诣地进行语言的实验的诚恳与精致令人肃然起敬。

简要地讲，一字排开的三张"椅子"，谁也没把它们当回事。"天使"亮出了它的否定权，不屑与之为伍；"主人"不解椅子空无所依的忍耐、持守，要给它们调整位子，以便从秩序的微调里带来奇迹，仿佛要对鲁迅"绝望之于虚无乃为实有"吊诡的质问进行证伪。然而，"椅子"并未与之搭讪，反会令爱心缺失当下得到确认，令偷窥受虐的快乐原则暴露着其虚无的本相，这是因为在交换价值占本位的现实下，个体愈来愈被规训；从尼采的意义上看，诗中的"天使"接近负重而行的"骆驼"，"主人"接近狂怒、掠夺却遭毁灭的"狮子"，果真如此，"椅子"则与智者扎拉斯图拉相去不远，它稳如磐石，不为花言巧语所获，因为它有它的执念；当它们一字排开的秩序受影响、被破坏时，它们尚有压抑被补偿的理想对应物，一如尼采所肯定的"孩子"启示意味那样，否定着这被压制的现实原则，诗的结尾：

> （……）突然
> 三张椅子中那莫须有的
> 第四张，那唯一的，
> 也坐进了冬天。像那年冬天……
> ……我爱你

俨然似"椅子"沉默中爆发的怒怼、应答，终于使得"天使""主人"各个热潮冷讽呈显的"戏剧性"冲突拖入了高潮。显而易见，诗偏向于"单线"的记叙不过是"天使""主人"颐指气使滑稽性表演的"片段"缀连，"天使""主人"顺次亮相还是遇到了阻力，进展其实并不顺利。像：

> ……寒冷是肌肉
> 风的织布机，织着四周
> 如此刺客，在宇宙的／心间。……

等多个语句，好像"插入语"无来由地横冲直闯，并且怪声怪气，很突兀，好像蓄意地割裂语境，无理取闹，不计后果，实则是可忍，孰不可忍？它们（语句）作为完全异质的话语，明显无视"天使""主人"咄咄逼人时的傲慢；惟其针锋相对，遏制了对手的嚣张气焰，一场"话语权"的争夺，所以显得别开生面。

　　总之，面对挑衅，"椅子"巧于周旋，即以其人之道，还治其人之身。凭对视的情景而取意识交锋的对话或潜对话的姿态，即便只言片语，也无损它的清高、孤傲。它不屑与对方纠缠似的，暗中则在发力，实在摆脱不了，索性接招，施以颜色，绝地反击，简单而粗暴。正如"第四张"奇突、古怪的话题抛出时，反客为主的"椅子"一改已先沉默的模样，舍我其谁的气概终于流溢，结构性"反讽"的总体建制，意味着该诗并非"单线"突进那般冒失、简陋、寒碜。"极高明而道中庸。""双线"交集的开阔的"对话"视野，不妨那些粗鄙、惊艳而琐细的各路话语景观络绎不绝，至于建设性的愿景，馥郁然清冽，亟待召唤，仿佛杂花生树，但不掩其纤微，肌理丰润近在眉睫，却是岳峙渊渟，张枣推演的抒情丰俭自如，岂能漫然相与？

　　子非花《椅子逃往冬天》——

　　　　台阶一级级庇护着

　　　　雨滴一样坠落的脚印

　　　　偶尔有沉默者端坐于手掌

　　　　一如乌云坐满天空

　　桌子潜伏

椅子逃往冬天

你所捕获的黑鸟群

囚禁于哪一片树林?

年代像一条垂死的鱼

执着于残酷的呼吸

黑雨滴比我们更懂得珍惜

生活? 那些飘浮于暮晚的气息?

升起还是落下

歌声无法悬挂于自身

视线吸住蒸腾的图景

你低头嗅嗅手指的芳香

稀疏的面孔掠过某个早晨

丛林喂养的灰鸽子腾空而起

外卖小哥穿梭于大街小巷

你快速闪躲于年代的印记

你美丽的脸闪动如夜色

你抬手升起一轮新月

月亮忧郁地朝向北方

瞬间，这根绳子挂满岁月

岁月啊

过于坦诚，驷不及舌；明袭张枣，暗里输出的反而
似向海子致敬频频。"影响的焦虑"后遗症显然犹在发作。
该"椅子"与海钟意的麦地、雪峰、机场、四姐妹、王
子……之类的抒情意象，在唤起"乡愁"之类的东支西
绌、不由自主的思绪时，大体相仿，不相上下；究其策略，
无非都是预先设定"事实"和"意愿"迥然相悖的趋势，
然后使之涵盖所有，再接下来就多方设譬，广泛印证，
围绕着这样的引线，诚如诗中所云：升起还是落下，以
期堆垛可以适度填充的诸多感官聚啸的知觉碎片，持续
强凑，不衫不履，众声喧哗般"思想知觉化"的综合效
果未必谈得上。

"逃亡"和"坐进"的区分，从引起"时——空"
重组的知觉变易程度看，有"一瞥"与"内省"依托的
观看之道上显见的差异。相对张枣"对话"反讽性的抒
情体谅而言，子非花莫非自顾自地就其"记忆"的库存
忙碌清仓，以便为之痛心疾首的感兴摹取"异形同构"
的共相，来也匆匆，去也匆匆，结果反把自身淹没在记
忆风暴掀起的感兴嘈杂中，好比洗心革面期待的，却从
披发跣足来顶戴。《街景》对此"一瞥"抒情的掘进，
是"视通万里"，可资参考；《树屋》亲情鼓荡，不是

一马平川，可也圆润流转，也是值得庆幸的。狂躁的《椅子逃往冬天》，何以竟"卷起了我的愁潮"（借卞之琳《白螺壳》的诗句）？

瓦莱里认为，"没有什么比以别人为养料'更原创'，更自我。但你必须消化它们。一头狮子是由消化了的群羊组成的"。因为——最伟大艺术的特点是：对它们的仿效是正当的、值得的、可容忍。它不会被它们摧毁、吞食，或者反之。（转自哈罗德·布鲁姆《诗人与诗歌》）

子非花在"狮子"与"羊"之间转徙不定，不是说他面向内心的侵略性不足，抑或缺失尼采（可不是康德）意义上的对"孩子"救赎这荒漠人生的意志的敬仰，而是说，海子创伤性记忆（"乡愁"）晋阶的抒情回馈容易被迁就。

海子及其促进的"新诗潮"如果略表不敬的话，切进于阿多诺所讲的"只说不想"文化症候。"以自由、超然、公正的评价形式思考的人无法接受暴力经验的形式，而暴力的经验实际上也会使这种思考无效。既不让他者的强力，也不让自身的软弱使我们变得麻木不仁，这几乎成了一个无法解决的问题。"而这，又实在是因为思想的价值是由它与熟悉的事物的连续性之间的距离来衡量的。这一距离越小，思想在客观上贬值的程度就越高；它越接近既存的标准，它的对立功能就越被削弱，只有在这种对立的相对关系中，而不是在它的孤立的存在中，

才有思想的依据。（《最低限度的道德》）

所以，仅仅针对《椅子逃往冬天》子非花狂躁的抒情秀，那"只说不想"的隐疾可否宽容地应对、释然呢？

四

橙子，我黄金的故乡！

你流出的金色蜜糖

秋日之果，贮藏着风和昆虫的隐秘交谈

你把一段流淌的蜜卷入核心

年代酝酿的果实，流淌心酸的蜜

风起了。岁月金黄的倒影涂满太阳

你收拾行装，光滑而明丽，落入粗糙的手掌

被投掷到一个个远方——

橙子，我汁液饱满的故乡！如膨胀之水，隆起

印满手指的美丽臀部，肿胀的弧形诱惑。

砧板承接着一个

赤裸的旧日风景

一把利刃从腰部斩开

汁水开始喷射，击中你的口腔

喷射不会停止。这个黄金般的下午

一只橙子和自己的命运撞在一起

深得我心、感兴馥郁的《橙子》如上。

后出的《枣》，或许还在《橙子》之上，然而我还是想表达我对《橙子》的敬意。或许南国的水果更能满足我对新奇的向往。

从"用韵"的方面讲，乡、糖、阳、掌、方、腔之ang韵，乃为主打的"韵式"，自第二节换韵，为i韵：蜜、（隆）起、（一）起，之后是押大致相近的韵——e/uo：惑、个。

而就声调进一步讲，ang韵先启，从平声，见于首节，凡2例，下一节，除"掌"之外，其余3例，又皆平声。至于i韵，凡3例，均仄声；e/uo亦如是，从仄声。

《橙子》计3节，依次下携4、10、2行，共计16行。如上所述，押韵者凡11处。例外者，有见于首节后两行的"谈"字、"心"字，均平声；有见于次节第8、9行的"景"字，仄声，"开"字，平声；以及见于末节首行之"午"字，仄声。

《橙子》显然倾向于以"平声"为主打的调式；《椅子逃往冬天》呢？以下不妨稍事对照。

——《椅子逃往冬天》前4节形制齐整，均4行；之后2节的形制亦齐整，只是行数减半，各2行，末节变化了，乃5行。换韵频频，通体照顾，平声一边倒，——

前 4 节中节节均仄声打头，但限于 1 例，韵位还一致，居首（出现在首行的"着"字，忽略不计）；只是到了第 4 节第 3 行，破例了，多出个仄声字，接下来的第 5 节于是平/仄倒置，并且影响到下一节（7），纯仄声：

外卖小哥穿梭于大街小巷
你快速闪躲于年代的印记

（性情多饱满；子非花太对不起它们了。）及下下一节（8），因为该节独独第 3 行的韵字"方"为平声；赅而论之，《椅子逃往冬天》前后平仄交替是否过于呆板？

"窃见数十年来之言诗者，同异相轧，去之愈远，宗钟、谭者破碎，宗七子者囫囵，有衣冠而无运动，争体面而乏神明。若求真诗，别有本末，似且宜堆壁覆瓿，以俟斫轮于甘苦之外者知之。"（田同之《西圃诗说》）《椅子逃往冬天》扣声求韵，未尝不是"同异相轧，去之愈远"，嚷嚷时难怪"破碎""囫囵"，且"有衣冠而无运动，争体面而乏神明"。

《橙子》达乎性情的表白，"以俟斫轮于甘苦之外者知之"则至少在声韵协调的一方令人刮目相看。话语宰制的抒情毕竟约定了其"精神龙马芰荷衣"裁剪的适度。有鉴于它的次节用韵实在密集，抒情推进的成效离不开换韵，以下也不妨作进一步的描述和考察。

"蜜"/"起"总之是介乎"阳""掌""方"之间。i、ang 递换将再回到"腔"的接应，一节之间出现的这一波的局部的换韵，若放眼全局，"腔"之接应，明显又与开头的"乡""糖"迢迢团聚，疏密相间时反过来不啻是对 i 韵造成的锁闭格局的突围，以及顺势完成的反包围，类似棋局中黑白大龙的缠绕，或啸或吟，局势紧张。

但是 ang 韵强势，i 也不遑相让。银瓶乍破，一骑绝尘，另一幅旗鼓相当的包围和反包围的剿杀、博弈，于是又在下一节"收尾"关头上演。韵位走动不能说不灵活，或"换"，或"抱"，腾挪、穿插，却又似胸有成竹，气象森严中关系到的谨严法度如何来体现，时——空"脱阈"时嘈杂、缭乱的话语秩序如何另行创建，所以又该当严阵以待了。

可持续的"时间性"驰骤穿梭，往复不断，如果足以令那频闪的"换韵"走势所表象，可层折、顿宕的"空间性"即便收缩，也恰似微云河汉、疏雨梧桐，"飘然思不群"，为精神自由无限诧异的诗意栖居因地制宜，悉心呵护，以期华丽转身。辗转换韵确实劳碌，职责所系，"看他所以然处，全在心地阔大，意思忠厚"（张谦宜《茧斋诗话》）。非生吞活剥所能胜任。

《橙子》的换韵之妙，以上不过拘"脚韵"通常对待习惯而言。假如注意到句首、句中为"韵位"保留了相应发挥的余地，诗精益覃思的细微处也不该忽略。

极端者莫过于"你收拾行装，光滑而明丽，落入粗糙的手掌""橙子，我汁液饱满的故乡！如膨胀之水，隆起""年代酝酿的果实，流淌心酸的蜜"，i、ang 联袂翩跹。头一个尤其繁复。围绕着"装"字，前面的"你"字、"拾"字，后面的"丽"字，仍从 i 韵。而"装"字不乏同道，有结尾的"掌"字迢递呼应，从 ang 韵，除此之外，前后相依的"入"字、"粗"字，从 u 韵，毫不奇怪吧？一行诗竟然辗转出韵，以致 i、ang、u 鼎立。

接下来的特例，鼎立局势犹在，只是由"橙"字、"膨"字，乃至"隆"字所出的 eng 韵，代替了 u 韵，毫不影响（一如全诗显见的）i、ang 依旧相吸相斥，颉颃继续。

——凡此 2 例，i 打头阵；见于最后的，打头阵的急先锋"角色"却委派给 an 韵（"年"字、"酸"字）来承当，鉴于它在次节赫然领先于前述语句，韵被出示的次序明显有些说头了。

诚如所知，i 韵首出，即从该例（"年代酝酿的果实，流淌心酸的蜜"），转韵的局势刚有点眉目，立马被 ang 韵复出后 3 次持续奔涌的气势所压制。上引的第二个特例（"橙子，我汁液饱满的故乡！如膨胀之水，隆起"）终于露面，i 韵钳制抒情才算稳住了阵脚。为此反过来看，复出后 ang 韵 3 次奔走相告的施为，前述业已指出的"偶尔露峥嵘"的 u 韵、eng 韵接连频闪，与其说是被 ang 韵纠集过来临事支差，倒不如认为是它们与 i 韵其实似同气相求，为改变那受压制的状态从而连横合纵，有所作为。

　　然而潜伏于句内的 u 韵、eng 韵，却也不曾持续发力，即生即灭，既表明 ang 韵实际奔涌的气场强盛，只能被和谐，又对照出 i 韵勠力而为的意志坚韧。假若就此方面盘点孤高和寡的 i 韵全面迂回潜行的踪迹，可以说全诗几乎没有它不到之处，每一行都频闪着它或呼告，或依附、粘连，或放浪卷入话语"命名"指使的多样化施为。显豁者如"橙子"，如"你"，似乎名物间牵连的确指意涵待定，所以禁不住要反复呼高，使人陷入的抒情初衷，难道就此不经意地被泄露？

　　而如"一段""一个个""一个""一把""一只""一起"，各自明确的数量关系也要反复掂量，"一"字除计数特指的用法，它还深切涵咏"原初""本源""始基"的召唤／启示意向，难道都被彻底地被压制，从而又被遗忘、浑然不觉吗？

　　作为元音的 i，不断地被抛向 ang 的反面，不只是口齿或喉发声意义上声波的长、短较量，翕合搅动的气流的波闪，作为换韵的竞争对手，它们或许还深入到了那未曾言明的"生命"被体验的极限，以期令那溢于言表的快慰找到相适宜的裁定。在它们焦灼难解之际，作为黑马的大体协韵的 e／uo 居间排解，犹如先已被和谐的 u 韵、eng 韵的后备军，及时驰援，使得换韵遇阻更棘手地处于感兴期待，或神会要求的话语"命名"指使下的意指魔障得到了充分的暴露。因为换韵带动的时——空"脱域"可直观的差异性的意指，或许由此机会振振于飞，甚或意味着那不可解的待"命名"下的意指纠结将会缓和，因为"任何合乎实事的问题都已然是通向答案的桥梁"。所以在运思着的追问领域中，偶尔地即便是一些仓促的疑虑也可以帮上忙，尤其是一些经过谨慎思考的疑虑。就连粗糙不堪的迷乱意见，也可以得出某种成果，即便这种意见是在一种盲目论战的狂热中宣布出来的。只不过冷静的沉思必须把一切都置回到宽容大度的慎思的泰然镇静之中。（海德格尔《〈形而上学是什么？〉后记》）

驰援的 e/uo 韵，暂时阻止了 i、ang 联袂之势，泰然镇静之中，触及韵事多方相关面。先看它们溢出的话语打造句式，再就为此引出的异常命意或修辞，最后再回到它们（e/uo 韵），很快又促成了 i、ang 翩跹的后继表现，换韵辗转的进项的"沉郁"本相该当何论？如何定谳，或会进一步释然，"直道相思了无益，未免惆怅是清狂"则将为期不远。

五

然而以上针对 e/uo 所提出的预想，还必须回到《橙子》总体植入的那种"咏叹调"的抒情形制上。这很容易被直观，无非是由"橙子"和"你"引发的反复慨叹上！从"橙子"方面讲，首行就积攒了能量，再度遭遇，见于次节的第5行，中间偏前，都径直直呼其名。末行委婉点，换成了"一只橙子"，以特指代替"专名"，也算是最后的能量释放，或汇集。概莫能外，i韵、ang韵辗转腾挪，一波未平，一波又起，即自第5行从而局势明朗：

　　……

　　橙子，我汁液饱满的故乡！如膨胀之水，隆起
　　印满手指的美丽臀部，肿胀的弧形诱惑。
　　砧板承接着一个
　　赤裸的旧日风景
　　一把利刃从腰部斩开
　　汁水开始喷射，击中你的口腔

　　喷射不会停止。这个黄金般的下午
　　……

　　（一）关于话语"整饬"的多料配置。
　　"砧板承接着一个／赤裸的旧日风景"明显从一个长句子拆分而来，不是"整句"却胜似"整句"的自得之意，由其内含的"节奏"律动的形式化层面讲，"承

接着"、"赤裸的"三个字组成的"节奏"单位，或居中，或近前，为协调相应的"节奏感"而不拘一格，极其自如，闻一多倡导的"音乐美"恰恰正是对汉语如是的天籁之音的推崇。它们所以动听的"节奏感"至少读取着如下的格式：

砧板 / 承接着 / 一个
赤裸的 / 旧日 / 风景

新诗形式"散文化"至少内化着类似"节奏感"的冲击力，然而仅从刻板的格律谨严遭否定、相对立的"大白话"接受立场来领会，势必贻笑大方。

"印满手指的美丽臀部，肿胀的弧形诱惑"一句中的受事成分：

手指的 / 美丽 / 臀部，肿胀的 / 弧形 / 诱惑。

也受累似的受"节奏感"节制，但"节奏"律动的方式又自成一体，和前举的两句明显相异。作为受事成分，它们具体所指的意涵，饱含着知觉的汁液，是对"印满"所标示的，哪怕是刹那、瞬息间（施事主体）所获得的印象、直觉的精美摄取；其"节奏感"齐整的律动偏向，其实是奔着那份印象、知觉获得的结果而去，至于如何获得的方式、进展则不复牵挂了。

由两句组装而成的"汁水开始喷射，击中你的口腔"，"节奏感"齐整，的确醒目，可所以做出这样的安排却别有用意。"喷射"未必为了"击中"，"击中"势必要经受"喷射"；对于结果而言，实属偶然。而对此偶然引起的变化作深入的"节奏感"响应，"咏叹调"大抵最适宜不过，若齐整为之，裁制则大大出乎意料了。

退一步讲，假如该句采用的"节奏"单位诚如前述的二例多出了一则"三个字"组合的形式，排斥了全然的"二进制"（"汁水／开始／喷射，击中／你的／口腔"），有点变化，与"咏叹调"尤其相适宜的效果岂不得到了保障？"偶然"促动的感兴诉诸相反的抒情涵咏着实不落窠臼。

而假如联想到该句不但恰恰处于"橙子"第二轮被慨叹的余波亟待平息的紧要处，并且还是再度被压制的ang韵绝地反击的最佳时机，换韵辗转的又一波趁此予以庄重地宣告，"感兴"意味层所谓的"偶然"诱因，再兴风作浪，显而易见，大可不必，因为"神会"创构层纳入的神机妙算，不复再从"表象互渗"的知觉直观里，遣散那湛然持守的高华、超迈的所思了。"汁水／开始／喷射，击中／你的／口腔"有板有眼、齐整、匀称的气息吐纳，一如"休憩"时的调理。进入其下一节，该齐整的"节奏感"落向参差的顿挫——

> 喷射／不会停止。这个／黄金般的／下午
> 一只橙子／和自己的／命运／撞在一起

　　即是很好的说明。因为"喷射"总之持续着，"击中"的大概率不惟以"你的口腔"为鹄的，所谓的"撞"，"一只橙子"与"自己的命运"被追思、被缅怀，或许才是该"橙子"总体反观的含蓄意指之所在。

　　综上所述，话语打造的特殊性与换韵顺畅运行相互依赖。具体到其整饬的句式、句型，及其"节奏感"约定的格式，迥非削足适履的，否则，这，势必与仅从字、词上下照应的相似度来辖制的严格意义上的"整句"混为一谈。"一切均节奏"，据说出自荷尔德林之口。莫里斯·布朗肖予以的理解是：

　　节奏不是简单的是或不是，"被给予"和"被撤回""在场—缺席""生存—死去""生产—毁灭"之间的切换。节奏，解除统一性那被掩藏的多重性，且看似在控制之中，根据规则被规定下来，然而却在威胁规则，因为节奏永远在借由复返以超越规则，在可测量的范围内如累卵或趋于完工，这种复返是无可测量的……如果，通过说话，我们为了赋予节奏以意义而说话，节奏之外的节奏有感觉、有意义，这便是我们穿过的却无法在敬其如神时摆

脱的神秘事物。(《灾异的书写》)

　　而在废名看来，"新诗"在形式上是"散文"的，内容上则是诗的，借此而言，确实是真知灼见。《橙子》辗转换韵，穿行于格式看似一律的各类话语凝练的改造中，契合"节奏感"自如的流淌，整饬与否，求变通，灵活，参差，不计拙巧，功夫在诗外，庶几接近张枣汲汲于"汉语之美"精致的打造，仿佛满足了多少感兴深化的期待，神会融通的要求就愈发流丽轻倩。

　　(二)换韵的时机、条件。

　　全诗未出韵者，——已先也曾指出过，计有5处。首节后两行的"谈"字、"心"字；e/uo打破i、ang联袂翩跹后紧接着的下两行(7、8)中的"景"字、"开"字；末节首行的"午"字。"景"/"午"均仄声，其余3个乃平声。它们分布的区域，无独有偶，正好散落在"橙子"多次启动的慨叹相异的语境，i、ang也因此之故频闪。未出韵者，声调即资本，倾巢而出时，其平仄可不是作无谓的抛洒；正如i、ang不间断的颉颃，"合久必分，分久必合"，换韵运作的局势，疏淡与丰茂同在，"谈"字、"心"字之于开头"橙子"挑起的慨叹的参与，"景"字对中途"橙子"再次发动的慨叹的跟进，为随后的"开"字、"午"字欢实闹腾，先行示范，起到了楷模的占拥，诚属必要。e/uo喷涌的语境，仄声一片，多种关联密切而整饬的话语屡屡出击，"会当凌绝顶"，一反常规，从"炼句"（整饬）修辞怪异，比比皆是，呈常态，倒也是风景殊异，匪夷所思。

比较"橙子"接连慨叹的两处句式：

橙子，我黄金的故乡！

橙子，我汁液饱满的故乡！如膨胀之水，隆起

第二处明显多出的"成分"，之于后继慨叹跟进施加的影响，不一而足。其中的"饱满""膨胀"及"隆起"，契合于视知觉，但又不限于视知觉；接下来的那句"印满手指的美丽臀部，肿胀的弧形诱惑"即为明证。因为，能符合"印满"施事条件的，可以是"橙子"，可以是"故乡"，可以是"隆起"，然而"隆起"的词性，却和"印满"一致，"隆起"的对象为何物呢？越过（删除）了"印满"，直接挂靠于

手指的美丽臀部，肿胀的弧形诱惑

所表白的实际，又何尝不可？"隆起"和"印满"庶几接近互文，"定乎内外之分，辩乎荣辱之境"，犹如逆推、倒叙、闪回，以期"橙子"/"故乡"亲切认同的隐喻意向，能够引向更加深入的共鸣。

"橙子"首节被隐喻的高洁品行，断然不似屈原《橘颂》那般的格调，但隐喻只能是一次表达上的意外事件，对它进行思考是有危险的。隐喻是一个假冒的形象，因为它没有那种在言说的梦想中心城的、创造表达的形象所具有的直接性质。（加斯东·巴什拉《空间的诗学》）

再度向它致敬时，尤其自"流出"/"卷入"回环间所渐入的像"贮藏着风和昆虫的隐秘交谈"那样极具性灵的美妙的形容，重新搬弄，显得伧俗、小家子气了。开发隐喻，又该走不寻常的路了。而承接"印满"的受事单位，从"双宾语"，即便落实到视知觉捕获的印象形式而言，未必能得到验证。因为"手指"和"臀部"作为分延的身体部位，若势成偏正之修饰，那只能就视知觉"变形"方面去品鉴了。

自其"节奏感"合成的方面看，手指的/肿胀的相对应，美丽/弧形相对应，臀部/诱惑相对应，意指缭绕，可移诸具体的触感、目视、联想等意识，或潜意识活跃的区域，深知那使事联动多层级知觉盘旋的艰涩、晦暗及凌乱，变无序为有序，作"互文性"的比照，串联或拼接，譬之为"节奏感"所惊扰、闹腾的活色生香丝毫不致别扭、违和，果真这样，所谓的"印满"止于使动的结果/结局而验之，则犹如刹那、瞬息变幻下觉知状态的生动侧显，——"橙子"再次呼告出现，要的就是该状态的苏醒，觉知的策划。常规抒情亲近的呼告，显然使之"戏剧化"

了，尤其是在主体欣然赴任、"在场"的情境下；然而，主体巧妙"隐匿"时，间接慨叹的取径，"适莽苍者"，除了"节奏感"代劳，玉成其美，又恐怕再无良策了。

继"撑起"／"印满"之后——

砧板承接着一个
赤裸的旧日风景

索性改造句式，化繁驭简，保证"节奏感"三个节拍一如既往地律动前提下，堂而皇之地为"橙子"请出了"砧板"／"刀子"，似乎已先的慨叹，确是"触景生情"，最后要揭谜底，切分水果，在某日的下午。拿实际亲历的经验说事，自"新诗潮"以来愈演愈烈，"口语体"即其极端，无可厚非，除非该经验入诗后立刻坐大，遽然羽化，幻形为超验的能指，"以游无穷者，彼且恶乎待哉！"反而落于下下。然而子非花《橙子》所欲营构的断非如是。

具体地讲，他就此倾心的莫过于避夷就险，将具象／抽象远距离拉近，牺牲句子的完整，为新生力量 uo/e 另辟招摇的领地，毕竟 i/ang 再度合作已经是强弩之末，替"橙子"高洁的品行再升一格的慨叹，似乎乏善可陈了，于是"个"字代之出头，所以就此"断句"，变总体为部分，允为恰当，上下句式"节奏感"节制的威力不减；

另一方面，破碎的话语，纵使论及局部性的涵蕴，分开来看，"砧板承接着一个"无非缺失了更明确的受事者，归因于"省略"，属于积极修辞的权限，"赤裸的旧日风景"呢？偏正型短语凸显隐喻，重"暗示"，绰约是尚，诉诸消极修辞，也无妨，何乐而不为？

何况化整为零后，承接／风景明显反常规的句法，含混、怪异的修辞，非此不可地大行其道，既促进 uo/e 顺势换韵，又使得"节奏感"不至陷入拖沓，——照未分割之前的"长句子"的式样揣摩其"节奏感"的演示之状，冗繁的修饰左右了六个节拍缓缓的延宕，诚不如削减后三个节拍驰骤的行进感，因为为此顿挫才适宜于"橙子"继续引发的慨叹，这是"节奏感"受节制的大前提啊！整顿新的抒情秩序，那"个"字截然出韵，绝对是天赐良机。

作为 uo/e 换韵的过渡，"一把／利刃／从／腰部／斩开"，其"节奏感"行进的方式将不复是快镜头的跟进，而犹如慢镜头的回放，随着 i 韵接下来的回归，uo/e 很快被替代，"汁水／开始／喷射，击中／你的／口腔"，回放的速率终于平和，意味着再度慨叹的"橙子"将濒临另外驰骤的"节奏感"被节制的局面。或许为了 i 韵强势的回归，"一个""一把""一只"等数量词得到反复强调，"一起"作为名词，款待得尤其隆崇，全诗正是借此从而戛然而止，更是特殊中的意外，意外得玄妙，诚如那"秋日之果，贮藏着风和昆虫的隐秘交谈"，决定了诗的抒情品味历久弥新，"何妨吟啸且徐行"，"不思量，自难忘"。

（三）话语与知觉：规训及含混修辞。

确指的数量上的关系固然来不得含糊，却经不住进一步追问、献疑。"刀子"，言之凿凿有"一把"，那么，"砧板"呢？厚此薄彼，又如何自圆其说？

"橙子"终究被"斩"又到底是实有其事，还是另有隐情？

"一段流淌的蜜""膨胀之水""饱满汁液"，自那"喷射"且"不会停止"的"汁水"另一端而论，"击中你的口腔"，若实有其事，征诸口腹之欲，无非分食，饕餮；或另有隐情，宅心宽厚，为爱与美简单而粗暴地施与、占有及回报，带露折花，竟似知未知，怅怅然，从而如"这个黄金般的下午／一只橙子和自己的命运撞在一起"。

作为高频词，"黄金"率先碰见，诗收尾时又碰见，较之同质化的"流淌""喷射"上下节翻转、腾跃之倏忽，情同致命的邂逅，断舍离，犹不待，凡此双闪，意味着那"故乡""一个个远方""旧日风景"，低空盘旋，莫非溢出了日常化"记忆"持久的能指相纠缠的地表，为那"记忆"的日常另类存储，祛魅、施魅，情何以堪？

何谓"我的故乡"？

"你的口腔"仅限于身体器官的局部指认？

作为人称代词的"你"，究竟是谁？而谁又是"我"呢？

"总是有个细小的声音／在我内心的迷宫嘤嘤"（张枣《云天》），辗转换韵，一波未平，一波又起，uo/e 适时介入，造成 i、ang 耳鬓厮磨般短暂亲昵的瓦解，毋宁也近似于那嘤嘤之声，为抵达"自我"的至深，欲想的绝对，侧耳倾听 i、ang 最终潦草收场所遗存的沉默回声。而作为扭转这换韵局势的不二人选，孤独的 uo/e，疏越澹节，与其促进了抒情结构性总体塑形愈加精微，毋宁迫使你／我之辩隐在地持久萌动，仿佛"砧板"／"刀"加持的"旧日风景"，为那"记忆"日常拼接着爱之"遗失的图景"，"在可见中看到不可见"，"在并未在场的再现中可见不稳定的未知"（莫里斯·布朗肖《灾异的书写》），虽"不再真实但要非虚构"（莫里斯·布朗肖《未来之书》）。

因为那"旧日风景"，既是"赤裸的"，极其空洞，又处于受事的位置，激活、带动着那不明底细的含混修辞。

有鉴于你／年代对待"橙子"的差异，"心酸的蜜"被酝酿，已经先行一步地浸润了远比含混修辞明确的"矛盾性"意向，那"赤裸的"所指，与矛盾性修辞本身，即话语，——"年代酝酿的"果实，有其深层的隐喻照应。所以突出这一点，无非是有鉴于

风起了。岁月金黄的倒影涂满太阳

诉诸知觉"变形"而对"太阳"哺育的大写"形象"予以了适切的解构，话语与知觉相互规训的意指纠缠，侵入"砧板承接着一个／赤裸的旧日风景"含混修辞，归根究底，极无奈。

福柯与萨特的思想格格不入。福柯在一次访谈中反思了其中的原因：

在一种哲学中，比如萨特的哲学，世界的意义由主体给予。……主体赋予含义。但问题是：主体是唯一可能存在的形式吗？在有些体验中，主体在他的构成性关注中，在他和自己一致的关系中不再是确定的，难道就没有这样的体验吗？在有些体验中，主体可能分解，主体可能打破和自己的关系，丧失其身份，难道就没有这样的体验吗？

（转自朱迪特·勒薇儿《福柯思想词典》）

"旧日风景"所处受事的位置，代表着诗人子非花基于抒情自赎辽阔的表白视野，及其蹭蹬的抒情步履，说明了他不甘为"影响的焦虑"所摆布从而自堕其志。通过以下的阐发，他的《橙子》反而与海子的丰神情蕴无差池地靠近，则又是另外的话题，适宜于就他坦然面向张枣／海子抒情谱系愈发清越的《遗失的图景》、《玫瑰园狂想》（系列）、《祖国的早晨》、《枣》等文本作细致的解读，兹不赘述。

不消说，从"承接"到"喷射"，"砧板"，乃至"刀子"，规训无所不在地渗透，又毋宁令已先反复嗟叹的故乡／远方，要么怀恋、要么缅想，俨然异乎实际地奔突于"旧日风景"所持留的蚕丛琐语之际。或者说，"故乡"果真接近当下的本土的文化认同，存在的伦理认同，即可想象的"旧日风景"，恰恰不忍唾弃，直观底线。"远方"，魅影重重，诗性的补充，庶几禁不住怀恋、缅想，甚至抵触、反讽，仿佛平庸的善或恶，究诘着那不可通约的"共通体"想象纠结。于是乎"旧日风景"本身即属于隐喻的产物，意兴复杂，它与"砧板"顶戴"施事者"受之无愧，由那莫明冲动所"图绘"的"橙子"的镜像的假定性被追认，即光顾、沉思那之所以累积的，从知觉和话语溢出的不亚于"记忆"日常的碎片，或令心灵缱绻的一块净土、沃土，"一粒尘埃中的广袤世界"（《玫瑰园的狂想之二》）

> 如我返回的漫长路途
>
> 而你端坐如一夜的路牌
>
> （《地下铁——所有的消逝都和我们有关》）

含混修辞钦此祛魅，虽然依托施事／受事有所形诸，无所为而无不为。

　　果真如此，那所"承接"的，是不堪眷顾的昨日之非，抑或来日不可追的缺失、匮乏。若被鄙视，临渊羡鱼，即为"赤裸裸"的呈显，触目惊心。旷达不仅仅由里及表，因为嗟叹的意兴已经阑珊……

　　小小的可严正的转韵辗转的功率，大致若是……